102 Avenue des Champs Elysées 75008 Paris

Photo couverture : © Claude Almodovar
Création graphique : Isabelle Cochereau
Directeur de collection : Jimmy Gallier

ISBN 978-2-914704-33-5

MAURICE GOUIRAN

TRAIN BLEU
TRAIN NOIR

ÉDITIONS JIGAL

DU MÊME AUTEUR

La Nuit des Bras Cassés
Prix Sang d'Encre des Lycéens 2 003

Le Théorème de l'Engambi

Le Dernier des Chapacans

L'Arménienne aux Yeux d'Or

Les Martiens de Marseille

La Porte des Orients Perdus

Les Damnés du Vieux Port

Marseille, la ville où est mort Kennedy

Sous les Pavés, la Rage
Prix virtuel du Polar 2 006

Terminus Ararat

Éditions Jigal

À Anne et Pierre

Train bleu, mardi 25 mai 1993

Le long train bleu ondulait dans le soir orangé du printemps de Provence.

Le convoi s'insinuait en souplesse dans les champs verdissant qu'ensanglantaient ici et là des traînées de coquelicots. Les fruitiers arboraient fièrement leurs branches abondamment fleuries et parfumées tandis que les peupliers craintifs osaient un feuillage d'une blonde verdeur.

On s'affairait autour des habitations, dans les champs et les vergers.

La journée avait été bien remplie. C'est en mai que la vie reprenait vraiment dans les campagnes. Finies les convulsions de mars, terminés les soubresauts d'avril. On avait passé les « trois jours de la vieille », l'hiver était mort et bien mort.

Les couleurs et les exhalaisons de la vie explosaient de toutes parts.

Ce n'était donc qu'un mardi de printemps comme les autres qui s'achevait.

Le soir débordait de paroles et de rires, et ce joli chemin de fer, bleu comme le ciel nouveau, frémissant dans la nature bourgeonnante, glissait avec une plaisante désinvolture dans le paysage fraîchement éclos.

Train noir, dimanche 24 janvier 1943

Le long train noir se faufilait sournoisement entre les labours givrés d'un paysage de Provence qui avait mis au rancart ses lavandins, ses fifres et son accent.

Le convoi fumant brinquebalait.

Les cyprès transis, les peupliers effeuillés, les ceps noirs torturés et figés par l'hiver paraissaient indifférents à son passage. Le gel matinal saupoudrait la terre retournée qui scintillait faiblement sous les rayons timides d'un soleil anémié.

De vaporeuses fumerolles ambrées s'échappaient des cheminées des longs mas de pierres autour desquels quelques silhouettes sombres, uniques signes de vie, s'affairaient. Ici, on rentrait des bûches pour la journée, là on s'apprêtait pour l'office dominical.

C'était un dimanche d'hiver comme les autres, un dimanche où l'on vivrait au ralenti, recroquevillé devant le feu de bois, indifférent à la misère ou à la gloire d'un monde qui n'allait pas très bien. Seul, l' interminable chemin de fer noir, fumant et vociférant, troubla l'espace d'un instant cette quiétude figée par le frimas.

Puis, le sombre convoi disparut dans l'horizon et l'accablant silence de l'hiver provençal retomba sur les immensités rurales pétrifiées.

Train bleu, train noir…

Un long train bleu, un long train noir…

Ces deux trains quittaient Marseille et filaient vers le nord.

1993, 1943…

Un long train bleu, cinquante ans après un long train noir…

Le long train bleu se fichait du printemps comme de l'hiver, de l'été ou de l'automne.

Le long train noir aussi.

On ne demande pas à un train d'avoir des sentiments.

On ne demande pas à un train d'avoir des états d'âme.

Les trains sont seulement ce que les hommes en font.

Ils sont bons ou mauvais, selon l'humeur et les desseins de ceux qui les affrètent.

Train bleu, train noir…

Robert
Train bleu

Demain, je serai un assassin.

Oh ! Bien entendu, comme tous les criminels avec préméditation, j'ai des circonstances atténuantes. On ne devient pas un tueur – un killer, comme ils disent à la télé – à près de quatre-vingts berges pour des prunes !

Je m'appelle Robert.

Robert quelque chose…

Vous n'avez pas besoin de connaître mon nom. Vous en connaissez, vous, des assassins qui donnent leur nom au premier venu ? Contentez-vous donc de Robert.

Je m'appelle Robert, et je suis Marseillais.

Je sais, Robert, c'est pas vraiment sexy. C'est un prénom des plus communs, mais mes parents n'avaient ni l'imagination, ni les loisirs des jeunots d'aujourd'hui qui vont dénicher des prénoms à dormir debout pour leurs nistons.

Donc, moi c'est Robert. Quand je trouve ce prénom trop naze, je me répète que c'est aussi celui de Redford ou de De Niro, et qu'à nous trois – je veux dire Redford, De Niro et moi – on craindrait dégun !

En fait, mes amis m'appellent plus simplement Bert.

Mais tout ça n'a pas d'importance. L'important, c'est le visage de ce mec que je vais buter, le visage de ce connard qui hante mes nuits depuis une semaine.

Déjà qu'auparavant j'avais du mal à dormir…

Le train quitte la ville à vitesse réduite.

vez-vous remarqué que la sortie de la gare Saint-Charles est interminable ?

Voici la passerelle de Plombières – toujours engorgée – les maisons aux tuiles noircies, l'autoroute nord – elle aussi embouteillée – les usines désaffectées, les friches industrielles taguées.

Les quartiers nord…

Dans le brouhaha du couloir surpeuplé, certains, collés aux fenêtres, cherchent à repérer leur baraque ou leur cité au milieu du joli paysage de béton que des messieurs bien intentionnés – qui ont pris soin de vivre de l'autre côté de Marseille – ont posé sur les collines qui cernent le nord de la ville.

Bientôt la voie ferrée surplombe le port, ses môles déserts et ses grues immobiles, puis l'Estaque…

Le bout d'une toile de Cézanne passe rapidement dans l'angle de la fenêtre. Au large, les ombres mauves s'allongent et le soleil embrase le Frioul.

Un joli mois de mai…

— Qu'est-ce qu'ils fichent, d'après vous, au Beau Bar ?

J'ai lâché ça un peu machinalement. Pour parler… Histoire d'oublier la tronche du mec qui crèvera demain…

Jo réagit à ma question stupide.

— Qu'est-ce qu'ils fichent ? Tu plaisantes ou quoi, Bert ? Qu'est-ce qu'on peut bien branler au Beau Bar à sept heures du soir ? Ils picolent, c'est sûr… Ils picolent pour fêter, avec un peu d'avance, je te l'accorde, la victoire de demain…

Évidemment, je le sais bien qu'ils picolent ! Ils picolent tout le temps, pour fêter les victoires ou se consoler des défaites…

Je la boucle.

J'ai parlé pour parler… Pour tuer mon angoisse.

Ma hantise n'est pas de flinguer un mec, c'est de ne pas y parvenir, c'est d'y renoncer au dernier moment.

Faut vous avouer que je me sens parfois un peu trop vieux pour jouer les tueurs, mais c'est plus qu'une question d'honneur, c'est un devoir… Avec mon fibrome de comptoir, ma guibolle raide, mon souffle court, mes rhumatismes et mon palpitant qui aurait une sale tendance à vouloir se faire la cavale, j'ai ni le punch, ni le look de James Bond ou d'Al Pacino. Moi, je serais plutôt à ranger dans la catégorie des assassins mouligas du troisième âge !

Vous avez bien compris que mon avenir est désormais derrière moi, que ma carcasse va me lâcher un de ces quatre et que je n'ai plus rien à perdre ni à gagner dans l'aventure. Et puis, je n'ai personne à charge, ni femme, ni gosse, à l'inverse de Jo et du Blond que j'ai entraînés dans cette entreprise.

La vue sur l'Estaque, Riaux et le stade des sirènes, où j'ai joué au ballon (je sais, ailleurs on joue au foot, mais à Marseille, on joue au ballon !) juste après la guerre, s'estompe brutalement.

Le train s'engouffre dans le tunnel qui perce la chaîne de la Nerthe.

Le noir.

Il faut bien quelques minutes pour que les loupiotes jaunâtres daignent nous accorder un peu de clarté tristounette…

Y a plus rien à voir…

Je ferme les yeux, bercé par le ronronnement du chemin de fer…

« Camin de fer, camin de mouar »[1] écrivait Victor Gélu.

Il avait raison.

Je hais les chemins de fer.

Depuis toujours…

1)« Chemin de fer, chemin des morts, grande allée de cimetière où jamais nul ne chemine , car personne ne pourrait la suivre à pied sans y laisser la peau et les os ! Triste désert à queue de ruban sans fin où, pour dévorer les hommes, l'on voit glisser de quart d'heure en quart d'heure de longues tarasques qui volent, qui fument, qui sifflent, qui jettent de la vapeur par les naseaux et qui vomissent la flamme » (Victor Gélu)

Robert

Train noir

— Ouvrez ! Mais ouvrez donc cette putain de porte ! Je suis pas juif, moi ! Je suis pas juif !

Ça doit faire près d'une heure que l'homme gueule et tambourine contre le battant de bois. Il est entré en transes un peu avant le départ du train, à la gare d'Arenc. Seuls, quelques hurlements gutturaux et l'aboiement des chiens lui ont répondu. Dans les autres wagons, ce sont davantage les plaintes que les cris de colère qui émergent de la nuit.

Je hais les chemins de fer, et ce n'est pas cet interminable train noir qui me fera changer d'avis !

J'ai hissé le minot sur mes épaules. Miche n'a que onze ans. C'est un gosse chétif, un blondinet comme on n'en fait guère à Marseille. Tout à l'heure, il a chialé comme c'est pas possible lorsque les flics l'ont fourré, avec sa mère, dans ce wagon puant. Il réclamait son père…

Ça s'est passé sur le quai de la gare. Il en a encore les yeux rougis et le souffle haletant. Il avale difficilement ses sanglots.

C'est Olga – sa mère – qui m'a sollicité :

— Robert, tu pourrais pas l'aider à atteindre la lucarne. Tu sais, il a un peu d'asthme, Miche…

J'ai toujours eu de l'affection pour Olga et son niston. Sans doute à cause de leur blondeur, de leur teint blême et si peu marseillais qui leur donnent un air maladif. Et faut dire qu'ils n'ont jamais été aussi pâlichons… Alors, j'ai chopé le gosse et je l'ai solidement calé sur mes épaules afin qu'il puisse respirer. Même empuanti par la fumée de la locomotive, l'air glacé semble le régénérer. Je ne pouvais pas refuser ça à une mère…

Le mec qui jurait ne pas être juif en martelant le battant de bois fond en larmes, les mains meurtries par ses coups obstinés. Le regard humide, il se confie à ses voisins, la voix chevrotante :

— Non, je suis pas juif… Je suis pas juif, moi… C'est une erreur… Vous comprenez, une erreur…

Il a perdu son agressivité. Il n'est plus qu'une loque défaite et pantelante. Une vilaine grimace déforme son visage.

Tous détournent leurs regards.

Combien sommes-nous dans ce wagon crado et puant ?

Cent ?

Plus encore ?

On nous a tellement entassés qu'on a dû lever les bras pour que les derniers arrivés puissent trouver une place minuscule. Puis, on nous a généreusement jeté une dizaine de boules de pain noir et quelques boîtes de conserves. Pour le trajet…

Les plus habiles s'en sont déjà emparés.

Compte tenu des circonstances, je sens que la solidarité ne sera pas de mise durant le voyage. Ce sera les uns contre les autres.

Le regard du « pas juif » qui tambourinait est devenu mauvais et froid. Après la colère, après la peur, la haine… Pour lui, c'est sûr que s'il se trouve là, c'est la faute des autres, de tous les autres, de tous ceux qui s'entassent, de tous ceux qui l'enserrent jusqu'à lui couper la respiration, de tous ceux qui lui soufflent leurs haleines puantes au visage.

Les merdes qui nous tombent sur le paletot sont toujours de la faute des autres…

Au fond du wagon, sous la lucarne à laquelle Miche

s'agrippe comme si sa vie en dépendait – d'ailleurs, sa vie n'en dépend-elle pas ? – j'ai retrouvé quelques amis du quartier : Martoune, la vieille rabougrie du rez-de-chaussée engoncée dans un manteau noir trop large pour elle, Simon et sa femme Irène, Miche et Olga…

Ils sont hébétés, ils ne comprennent rien à tout ça, moi non plus d'ailleurs… Le froid et la peur les paralysent. J'essaye quelques plaisanteries, histoire d'éliminer l'angoisse ambiante. En vain. Personne n'a envie de rigoler.

Le train roule depuis au moins deux heures.

— Y a de l'eau… Un fleuve, on longe un fleuve ! s'exclame Miche, le seul qui puisse vraiment apercevoir un bout de paysage au travers de la lucarne étroite.

— Le Rhône, ça doit être le Rhône. On file vers le nord…

— Vers le nord, mais pourquoi ? Mais où nous conduisent-ils ?

Olga s'affole. Sans son mari, elle doit se sentir vulnérable – Yvon ne l'a jamais quittée – même si je la crois un peu rassurée par ma présence. Parce que j'ai pu m'occuper de Miche, Miche qui a toujours de la difficulté à respirer. D'ailleurs dans le wagon, tout le monde étouffe. On se bouscule pour accéder à la moindre fissure entre les planches de bois du wagon, on colle ses lèvres aux interstices étroits pour voler une maigre bouffée d'air.

Non, la solidarité ne sera pas de mise…

Au-delà de la peur, c'est le désespoir que je lis dans les regards. C'est moins la destination inconnue que nous redoutons que le sort réservé aux autres membres de nos familles.

Tous s'inquiètent. Pour les leurs plus encore que pour eux.

Moi également. J'ai interrogé tous les gars du wagon, les uns après les autres, je n'ai qu'une idée en tête : savoir où ils ont bien pu emmener les femmes et les gosses, savoir si quelqu'un a aperçu Lina et Béa.

Tous m'ont répondu en bougonnant, la tête ailleurs. Ils doivent s'en foutre, de Lina et Béa.

Lina et Béa ?

Personne ne sait. Personne ne les a aperçues.

Je reste obsédé par ma séparation d'avec Lina et Béa, ma femme et ma fille...

Elles sont si fragiles...

Et puis, tant de rumeurs, de sales rumeurs, circulent...

Peut-être que je me ronge les sangs pour rien. Quelques-uns m'ont affirmé que les enfants et leurs mères étaient restés à Marseille, qu'ils avaient été libérés.

Oui, Lina et Béa sont sans doute chez une de nos cousines, aux Trois-Lucs ou à Saint-Loup. Oui, elles sont certainement à l'abri...

Les Trois-Lucs, Saint-Loup...

Il me suffit de les imaginer dans ces vieilles maisons paisibles aux parfums de cire d'abeille et d'eau de lavande pour me rassurer.

Autour de moi, chacun se concentre sur ses soucis. Les uns recherchent leur femme, d'autres leurs parents, d'autres leurs enfants. Les questions fusent et semblent buter, sans réponse, contre les parois de bois du wagon à bestiaux.

Simon et Irène espèrent que Georges, leur fils, a pu éviter la rafle.

Olga craint pour Yvon, son mari dont elle a été séparée à Arenc.

Martoune se tait, elle n'a plus personne depuis longtemps, et c'est sans doute la première fois que sa solitude lui paraît supportable...

Tout a basculé d'un coup, d'un seul, dans le plus absurde des cauchemars.

Je lève mes yeux vers le niston debout sur mes épaules :

— Ça va, Miche ?

— Ouais, ça va...

Le gosse toussote.

Michel

Train bleu

— Y fait noir comme dans le cul d'un nègre !

Quelques jeunes éclatent de rire, satisfaits de la plaisanterie de galavard de l'un d'entre eux.

Près de moi, Bert semble songeur.

À quoi pense-t-il ?

Qu'est-ce qui le préoccupe ?

Pourtant, c'est lui qui a eu l'idée, c'est bien lui qui nous a entraînés tous les trois dans cette aventure insensée.

Il a rigolé toute la sainte journée, Bert, sans doute pour donner le change, car je vous parie qu'il est pas plus rassuré que Jo et que moi. Mais il a plus vécu que nous alors, forcément, il le prend sur lui. C'est seulement une fois dans le train qu'il m'a paru avoir la tronche ailleurs.

C'est à ce moment-là qu'il a sans doute compris que tout devenait irréversible.

J'emprunte une clope, une Camel, à un jeune qui vadrouille dans le couloir, cigarette au bec. Il est interdit de fumer, mais « les interdictions, l'alcool, le tabac, la baise, on se les fout au cul » a résumé un de mes voisins en ingurgitant une lampée de Stolitchnaïa qui était loin d'être à la température idéale.

Ici, il fait encore une chaleur pas possible malgré les vitres baissées. J'ouvre en grand le col de ma chemise et retrousse mes manches.

Bert transpire. Il a dégrafé sa chemise mais il garde les manches boutonnées sur ses poignets. Je sais bien qu'il ne les remontera pas. Bert porte toujours, même en plein été, des chemises à manches longues. Sans doute pour cacher le tatouage qu'il porte à l'intérieur de son bras gauche. En fait de tatouage, c'est un simple numéro, cinquante mille et quelque chose...

J'avale lentement la première goulée et en emplis mes poumons.

Le goût de la Camel est un peu écœurant, mais « à cheval donné... » comme dit l'autre.

***

Les abords de la gare Saint-Charles étaient noirs de monde. Jamais on s'était pressés avec un tel entrain sur les escaliers monumentaux.

— La dernière fois que j'ai vu ça, c'est quand Pétain est venu... En décembre 40, je crois... J'étais jeune... lâcha d'un ton dédaigneux un pépé qui rejoignait la gare routière à petits pas et qui n'avait pas l'air d'apprécier le vacarme.

J'ai haussé les épaules. Pétain, tu parles d'une référence...

Il paraît qu'ils ont affrété cinq trains spéciaux pour l'occasion, cinq trains qui doivent quitter Marseille de manière échelonnée. Pour plus de facilité, on a donné à ces trains des noms de couleurs différentes. De cette façon-là, même les banastes s'y sont retrouvés ! Et Dieu sait si les banastes sont nombreuses dans notre belle ville ensoleillée.

— Le bleu, je te dis qu'on est dans le bleu, celui qui part à 18h45 ! s'excitait Jo qui avait noué l'écharpe blanche et bleue du supporter modèle autour du cou.

Ça m'a fait rigoler de voir ce commerçant rangé, ce petit bijoutier de la rue Paradis, d'habitude discret, jouer les hooligans.

— Ça, je le sais qu'on a le bleu, c'est écrit sur le billet, a rétorqué Bert en haletant à ses côtés.

Il est plus de première jeunesse, Bert… Il a de plus en plus de mal à remuer sa carcasse, alors grimper du Vieux-Port à Saint-Charles tenait déjà, pour lui, du petit exploit…

Faut dire que soixante-dix-huit berges, un bon quintal à traîner et six pastagas par jour ouvrable – le double les jours fériés – t'amènent rarement à une forme olympique ! En plus, il traîne un peu la patte because une « attaque » comme on dit dans les bistrots de l'Estaque.

« Avec ce qu'il picole, il aurait pu plus mal s'en tirer, c'est sûr ! » m'a chuchoté Léon, le patron du Beau Bar, lorsque Bert a fait sa réapparition après quinze jours d'hosto. Il avait raison, Léon, mais Jo lui a répondu illico : « On ne peut rien contre l'âge. Si tu l'avais connu, Robert, il y a quarante ans, c'était une vraie baraque ».

Et Jo avait raison. Bert, dans le temps, c'était quelqu'un !

Bert ne parle pas beaucoup de son passé. J'ai de bonnes raisons de savoir qu'il a été déporté, qu'il a perdu sa femme et sa fille, et qu'il s'est jamais remarié. Il s'est installé à l'Estaque, un peu après la guerre et il y a toujours vécu seul. Il travaillait sur les docks, à deux pas de là.

Bert, dans le temps, c'était un beau mec, grand et baraqué, avec un regard clair et une abondante chevelure noire et bouclée. C'est sûr qu'il plaisait aux femmes, Bert, et il le leur rendait bien ! « Il baisait à couilles rabattues » me confie souvent Biscottin afin de résumer la chose en quelques mots.

En fait, je crois bien que Bert ne semblait trouver son bonheur que dans la frénésie des aventures amoureuses ou dans les interminables parties de pêche en solo. Moi, j'ai bien compris que cette quête éperdue des femmes et du sexe, c'était pour oublier, oublier la sale époque que nous avons vécue, oublier sa femme et sa fille. Et les parties de pêche, c'était peut-être pour se recueillir sur son passé d'avant la guerre… Mais de ça, j'en suis moins sûr…

Jo et Bert soufflaient comme des forges et moi, derrière eux, je la bouclais. J'ai jamais été un grand sportif, sauf devant la télé avec un double Ricard et un quart de cacahuètes à portée de la main. Remarquez, c'est sûrement pour faire comme tout le monde, pour avoir un sujet de discussion au bistrot le lendemain des matches. Le foot m'énerverait même, avec ses stars trop bien payées pour cavaler après un ballon, avec ses supporters prêts à tout et leur mentalité de faux-culs qui les fait passer allégrement en un dixième de seconde de « On a gagné » à « Ils ont perdu »... J'aime guère le foot, et pourtant je suis là, avec tous ces couillons tapageurs déguisés en clowns blanc et bleu.

Non, le sport, c'est pas pour moi. Avec mes cheveux filasses – ce qui m'a valu le surnom un peu péjoratif de « Blond » au quartier – qui s'éclaircissent au fil des ans, mes yeux trop pâles et mon teint crayeux, j'ai vraiment pas le look d'un champion de foot ou de surf !

Ni le look, ni l'endurance d'ailleurs...

J'ai grogné :

— Quel est le con qui a eu l'idée de bâtir des escaliers pareils ?

— Un con, un gros con, oui ! a confirmé Bert dans ce qui lui restait de souffle.

J'ai écourté la conversation sur le sujet. Fallait conserver assez de force pour pouvoir terminer cette sacrée grimpette. C'est là que j'ai compris que si aussi peu de Marseillais prennent le train, c'est sans doute parce qu'ils sont découragés par avance à l'idée de cette pénible escalade.

On s'est faufilés entre les grappes de jeunes agglutinés sur les marches, en s'arrêtant une minute ou deux sur chaque palier, histoire de retrouver notre respiration. On a profité de chacune de ces étapes pour nous retourner vers la ville et reposer notre regard sur les toits roses de ce paysage familier.

Le boulevard d'Athènes et le boulevard Dugommier semblaient fuir sous la voûte des platanes tandis que, dans leur prolongement et de l'autre côté de la Canebière, le toit acéré de l'église du Calvaire de la rue d'Aubagne bornait le boulevard Garibaldi.

Marseille frémissait dans le soir de mai.

Autour de nous, ils étaient des centaines, assis sur le grand escalier. Ils tenaient sans doute à inhaler encore un peu de l'air marin de Phocée avant de s'enfoncer dans les brouillards du nord. Les cinq trains, bleu, rouge, vert, jaune et blancs les attendaient, sagement alignés sur le quai.

Ici, on grillait un joint. Là, on vidait une dernière canette. L'alcool était interdit dans la gare et les trains, alors on en profitait largement avant d'embarquer. Partout, on hurlait et on s'interpellait sous une mer bruissante de drapeaux, d'oriflammes et de banderoles.

Et puis, ça chantait…

Faut voir avec quel entrain ça chantait…

Les refrains, nés au bas du boulevard d'Athènes où la Canebière déversait les groupes venus de tous les quartiers de la ville, étaient repris en ch oeur, s'élevaient et allaient buter contre le beau fronton de verre et d'acier de la gare Saint-Charles qui, pas radine pour deux sous, les renvoyait aussitôt en écho vers les toits de la ville.

«… *51, je t'aime,*
J'en boirais des tonneaux
Oui, des tonneaux !
À me rouler par terre dans tous les caniveaux
Les caniveaux !
Et si tu m'abandonnes,
Alors je m'empoisonne
Avec une bonbonne,
D'un bon Ricard bien jaune… »

On chantait le pastis, le fly, le jaune, le pastaga, cette boisson de mauvaise réputation dans une ville de mauvaise réputation, cette boisson bien trop parfumée pour les palais parisiens raffinés et forcément vulgaire aux yeux de ces grosses tronches pâlottes du nord. Le fly est devenu le symbole trivial d'une ville grossière.

À Marseille, on connaît bien ça, et on se drape avec fierté dans cette sale renommée. Parce que le qualificatif de rebelles, de mauvais garçons, nous, ça nous gêne pas. Au contraire, on l'aime bien. Et on sait être à la hauteur : on nous croit vulgaires, nous serons obscènes ! Aussi, pas question de faire dans la dentelle. Télérama et le Nouvel Obs, ce sera pour plus tard, enfin pour ceux qui savent lire...

Jo a râlé lorsqu'un pétard a fusé entre ses guibolles. Le petit arabe qui l'avait lancé, casquetté de blanc, les joues peinturlurées en bleu, clope au bec, s'est excusé avec un sourire maladroit.

— Putain, si les melons deviennent polis, c'est vraiment le monde à l'envers ! a craché une voix anonyme dans mon dos.

— Y a plus de saison, je te le dis, Blond... Y a plus de saison... a renchéri Bert en me regardant d'un air désolé.

Blond, Miche...

Je dois vous avouer que mon vrai prénom c'est Michel, mais allez donc savoir pourquoi les uns m'appellent Miche et les autres, Blond. Les Marseillais ont toujours besoin de donner des surnoms. Bon, c'est vrai, Miche pour Michel, ça reste logique. D'ailleurs « Blond » pour un blond – pour un ancien blond je devrais dire, car ma crinière ou ce qu'il en reste a une sale tendance à tirer davantage sur le blanc que sur le blond – l'est tout autant. Alors, je laisse faire. Appelez-moi un peu comme vous voulez...

«...Je baise les grenouilles,
J'encule les crapauds,
Qui me lèchent les couilles,
Le soir au bord de l'eau...
... 51, je t'aime,
J'en boirais des tonneaux
Oui, des tonneaux !
À me rouler par terre dans tous les caniveaux
Les caniveaux !
Et si tu m'abandonnes,
Alors je m'empoisonne

Avec une bonbonne,
D'un bon Ricard bien jaune... »

Non, c'étaient vraiment pas des cantiques qui couraient sur le pavé marseillais en cette fin d'après-midi, sous l'œil malgré tout compréhensif de la Bonne Mère ! La Bonne Mère, à Marseille, elle est brave, elle comprend et elle excuse beaucoup de choses...

Je me suis bien marré en entendant le dernier couplet. Malgré ma fidélité au 51, je connaissais pas cette histoire des grenouilles et des crapauds...

Ça a plu à Jo également. À un point tel qu'il a voulu retenir les paroles – lui d'habitude si ficous[2] – pour entonner cette ballade un de ces quatre au bistrot.

Aussi, il a repris en solo et d'un air pincé au milieu d'une foule hilare :

«...*Je baise les grenouilles,*
J'encule les crapauds,
Qui me lèchent les couilles,
Le soir au bord de l'eau... »

Bert rigolait tellement qu'il en oubliait presque sa patte folle et la sueur qui dégoulinait dans son dos. Les gros transpirent toujours vachement plus que les autres...

Sûr que ça ferait rire les collègues, ceux du Beau Bar...

— Ils sont cons ces jeunes, quand même...

Ces jeunes...

C'est vrai qu'ils étaient parfois très jeunes, ceux qui beuglaient à gorge déployée, sans entraves, délivrés enfin de tous les principes, de toutes les contraintes. Ils allaient foutre un ouaille pas possible chez les Teutons ! On pouvait compter sur eux pour ça !

Combien avaient déserté leur lycée, séché leurs cours pour vivre ça ?

Mais il n'y avait pas que les jeunes, tout le populo phocéen paraissait s'y être donné rendez-vous...

2) Délicat.

Parce qu'ici, ensemble, on oubliait tout. Son boulot moisi, son patron radin, le chômedu sans issue, ses gosses à problèmes, sa femme qui s'envoie en l'air avec le voisin du dessus. Ici, on disjonctait pour le plaisir. Pour le fun, comme disent les minots.

Le foot serait-il devenu l'opium du peuple ?

Les chants, les cornes de brume, les drapeaux qui s'agitaient, les pétards qui soulevaient des cris de réprobation, les feux de Bengale qui teintaient le ciel en rouge, les perruques blanches ou bleues en acrylique bon marché, les visages colorés avec ces mêmes couleurs...

C'était carnaval en plein mois de mai.

Marseille possède une baie aussi belle que celle de Rio – ce sont les Marseillais qui le prétendent, moi, je connais celle de Marseille mais j'ai jamais vu celle de Rio – et, cet après-midi, elle affichait sans complexe ses pitres et ses mascarades qu'avaient rien à envier à ceux qui dévalent des favelas vers Copacabana.

Quand nous sommes enfin parvenus en haut des escaliers, on s'est retournés vers la ville, notre ville. On a repris bruyamment notre souffle – on n'a plus vingt ans, vous l'avez sans doute déjà compris – et on s'est immergés dans l'image des toits de tuiles roses et vaporeuses sous la chaleur de la fin d'après-midi.

Et puis, on s'est regardés, sans un mot.

On devait se poser, tous les trois, la même question : c'est facile de devenir, à nos âges dit respectables, de vulgaires assassins ?

***

Des assassins ?

J'en sais rien... Cette question me turlupine souvent depuis quelques jours.

J'écrase mon mégot contre la vitre.

Le tunnel de la Nerthe est interminable.

L'obscurité, la lumière pisseuse des plafonniers... Les ombres creusent les visages blêmes, on paraît tout à coup plus âgé, et on n'a pas besoin de ça...

Bert, calé contre la main courante, n'a pas bronché.

Tiendra-t-il le coup ?

Je crois qu'on aurait mieux fait de le laisser à l'Estaque, de se démerder sans lui. J'ai bien peur qu'il soit plus un fardeau qu'une aide. Mais c'est quand même lui qui a eu l'idée, alors...

Bof, on verra bien...

Je m'accoude près de lui.

Comme lui, je ferme les yeux, bercé par le ronronnement du chemin de fer.

L'air frais fouette mon visage...

Michel
Train noir

L'air glacé fouette mon visage.

La bouche grande ouverte, je l'avale goulûment jusqu'à ce que la fumée de la loco m'irrite la gorge et déclenche une satanée quinte de toux. Je sens alors les mains de Robert se resserrer automatiquement sur mes mollets, afin, sans doute, de mieux me maintenir et d'éviter que je bascule en arrière. Mais je reste soudé au vasistas, comme si cet air vicié me régénérait.

— Y a pas que lui, nous aussi, on a le droit de respirer ! On étouffe ici !

Le gros homme halète. Il suffoque, le teint violacé, et tente de s'avancer vers la lucarne en bousculant ses voisins. Sa remarque hargneuse laisse ma mère désemparée. Que répondre ?

C'est Robert qui lui rétorque d'un ton acerbe, en le repoussant sans ménagement.

— Il est asthmatique. Il risque une crise si on l'éloigne de la fenêtre !

— De toutes les manières, on va crever ! On va tous crever, vous l'avez pas compris ! hurle une grande femme maigrichonne, aux traits acérés et aux longs cheveux gris décoiffés qui lui donnent des airs de sorcière.

On se bouscule pour s'approcher de la lucarne et voler un peu d'air frais.

L'atmosphère dans le wagon est devenue suffocante.

Les gens sont de plus en plus agressifs.

Ma mère, d'habitude si sûre d'elle, me semble désemparée et apeurée. Je l'ai jamais vue comme ça, ma mère. Si elle reste plaquée comme ça contre Robert, c'est qu'elle est morte de peur...

Moi, je l'aime bien Robert. On le croisait souvent sur les quais du Vieux-Port, lorsqu'il se baladait les dimanches après-midi avec sa femme et Béa, sa minote. Heureusement qu'il est assez costaud pour me maintenir sur ses épaules. En bas, ils sont esquichés les uns contre les autres.

***

Pour nous, comme pour tous les habitants du quartier de l'Opéra – nous habitons la rue Glandeves – tout a commencé dans la nuit de vendredi à samedi.

Lorsque mon père est rentré du boulot, sur le coup de huit heures du soir, il nous a confié, l'air soucieux, que le quartier du Vieux-Port était bouclé depuis cinq heures par une armada de flics et de soldats en armes. Il avait pris les GMR pour des soldats...

Le centre de la ville était hérissé de chevaux de frise et de barbelés, le bas du boulevard de la Madeleine et le cours Joseph-Thierry étaient barrés par des automitrailleuses.

— La guerre entre dans la ville, annonça sobrement mon père.

La guerre, en fait, je savais pas ce que c'était. Pour moi, elle avait l'épouvantable visage de Timothée, le voisin du troisième qui ne sortait jamais, à cause de sa tronche justement. Des paupières closes sur une orbite vide, une lourde cicatrice sur le crâne, la lèvre supérieure arrachée laissant apparaître une gencive étonnement rose sous un nez broyé. Timothée m'effrayait, mais mon père répétait qu'il ne fallait pas en avoir peur, que c'était un brave homme, un héros même puisqu'il avait été blessé à Verdun.

Timothée était une gueule cassée et si la guerre lui ressemblait, ce devait être une vraie saleté, la guerre !

Il n'y avait aucun va-et-vient de troupes, mais il régnait quand même une certaine fébrilité dans les rues. On sentait que quelque chose allait arriver.

C'est sur le coup de minuit que tout s'est enchaîné, subitement.

Le boulot des flics qui avaient envahi le quartier consistait à vider les appartements de tous leurs locataires qu'ils rassemblaient dans la rue, au pied de leurs baraques. D'autres uniformes les emmenaient ensuite vers l'Opéra tout proche pour un contrôle de papiers.

C'était un sale concert de hurlements, de plaintes, de cavalcades, de bruits de bottes et du vrombissement des moteurs de camions...

La chasse aux juifs était ouverte, et les chasseurs ne manquaient pas !

C'étaient les forces de police, et non pas la Wehrmacht ou les SS, qui quadrillaient notre quartier où vivaient de nombreuses familles juives.

— Y a pas de boches... Que des Français... remarqua mon père à voix basse sans que je réussisse à comprendre si c'était une bonne ou une mauvaise nouvelle.

Mon père savait que les exactions des braillards locaux de Simon Sabiani étaient souvent plus redoutables que les débordements de l'armée d'occupation.

Les habitants tendaient leurs cartes d'identité. La plupart portaient la mention « Juif » apposée à l'encre rouge. Ceux qui avaient désobéi à la loi de décembre 42 instaurant cette estampille pouvaient passer entre les mailles du filet. C'était, en quelque sorte, leur prime à la désobéissance...

On conduisait les autres sans ménagement vers l'arrière des camions bâchés et garés, moteurs en marche, prêts à démarrer, devant l'Opéra.

Il nous a fallu grimper et trouver une place dans un camion déjà plein à craquer. Lorsqu'un GMR a voulu boucler la bâche derrière nous, mon père a tenté de retenir son geste.

— Le gosse est claustrophobe et asthmatique, prétexta-t-il pour se justifier.

Le GMR a grogné une interdiction. Il avait des ordres… Si ça ne tenait qu'à lui… Mais il y avait les ordres… Toujours les mêmes justifications.

Alors mon père l'a baratiné. Il lui a parlé de ma « petite santé », lui a montré que j'étais maigrichon pour un minot de onze ans… Ça m'a un peu vexé, mais l'homme casqué a haussé les épaules, avant d'accepter de laisser la bâche entrouverte.

Mon père m'a chuchoté que le gars avait certainement un fils du même âge que moi…

J'ai passé ma tête par l'étroite ouverture.

Je reconnaissais difficilement ces rues de Marseille que je n'avais jamais parcourues la nuit : la rue Saint-Fé, la place Castellane, le Prado…

La ville, ma ville, m'apparaissait autrement, vaguement menaçante. « Le décor sombre d'une tragédie pressentie » a grogné d'un ton lugubre un voisin sans que je comprenne ce qu'il voulait dire.

Le camion s'est garé en marche arrière dans la cour des Baumettes, prêt à repartir vers les rues du centre-ville où les flics poursuivaient leur « nettoyage ethnique ». Ils avaient prévu d'effectuer des allers-retours incessants toute la nuit.

Le cul du véhicule était plaqué contre l'entrée de la prison. Les flics nous ont fait descendre brutalement. Mon père nous a aidés à sauter du plateau, puis il a tendu la main à un vieil homme désemparé. Le vieux réclamait à un GMR à l'air constipé ses lunettes qui étaient tombées à l'intérieur.

— Mes lunettes, mes lunettes… Sans elles, j'y vois que dalle…

Le jeunot pisse-froid, qui devait avoir tout juste vingt ans, lui a rétorqué d'un ton cinglant et irrespectueux :

— Pour tes lunettes, pépé, laisse tomber… T'en n'auras plus guère besoin !

Ça voulait dire quoi ?

Les flics nous ont alignés avant de nous conduire dans une vaste salle. Là, nouveau contrôle d'identité. Des sbires dédaigneux – pour eux, les juifs ne méritaient sans doute aucune attention – notaient d'une écriture besogneuse les noms et les adresses sur un immense registre quadrillé.

Nouvelle attente, interminable, en file indienne, dans le bâtiment glacé...

Puis l'homme au regard bleu a pénétré dans la salle.

Était-il français ou boche ? Personne ne le sut, car il n'a jamais parlé. Il nous a observés avec mépris – nous n'étions qu'une vulgaire cargaison humaine désemparée qu'on venait de décharger du camion – puis il s'est fendu d'un unique signe de tête avant de claquer et de tourner les talons. Aussitôt, les gendarmes français ont séparé les hommes des femmes et des enfants.

Il y a eu des cris, des pleurs. Avec ma mère, ils nous ont emmenés dans une autre bâtisse, aussi grande, aussi glaciale que la précédente.

Nous y avons passé le reste de la nuit et toute la journée du samedi.

Depuis, je n'ai pas revu mon père.

***

Mil huit cent soixante-cinq personnes furent ainsi transférées aux Baumettes dans la nuit du 22 au 23 janvier 1943.

Dès la fin d'après-midi du 22 janvier, le centre de Marseille avait été bouclé par le Dixième régiment de police SS Griese, un régiment qui portait un insigne de manche et de casque comparable à celui de le feldgendarmerie, mais qui dépendait bien de la SS.

Tous les accès conduisant au quai du port furent gardés militairement. On ne put plus ni en sortir, ni y rentrer.

Huit mille policiers français en tenue, deux mille agents de la Sûreté, cernés à distance par les hommes du régiment Griese, prirent en charge les contrôles, les rafles et les visites domiciliaires.

Karl Oberg avait affirmé, quelques jours auparavant : « Marseille est une porcherie, une porcherie française, où il n'y a aucune raison de mettre en danger des Allemands ».

C'était donc aux Français de curer leur porcherie…

Les opérations de « purification » se poursuivirent toute la journée du samedi.

***

Ma mère raconte à Robert la rafle de l'Opéra – c'est ainsi qu'on avait surnommé le vaste coup de filet de la nuit du vendredi au samedi – avec une voix chevrotante. Elle a sans doute besoin de parler à quelqu'un.

— Et tu n'as plus revu Yvon depuis ?

— Non…

La disparition de mon père est inexplicable, car tous les raflés des Baumettes semblent avoir été conduits dans ce train.

Mon père fait-il partie du convoi ?

— Il a peut-être été jeté dans un autre wagon… Le train est si long…

La remarque de Robert m'apaise un peu. Oui, il est certainement dans ce train. Oui, nous nous retrouverons tout à l'heure, à l'arrivée. Oui, tout va s'arranger, comme dans les films…

Pourtant, maman paraît tétanisée. Robert tente de la rassurer. Je comprends qu'il essaye de la faire parler, comme si ça l'aidait à évacuer le souvenir des heures d'angoisse.

— On vous a conduits aux Baumettes, on vous a triés, les femmes et les minots d'un côté, les hommes de l'autre… Comment vous êtes arrivés à Arenc, ce matin ?

Elle affiche un maigre sourire :

— Le bruit a couru qu'on allait être libérées. Une rumeur… Il était un peu plus de cinq heures du matin. Autant te dire que nous n'avons pas dormi de la nuit. Alors nous nous sommes toutes levées et nous nous sommes regroupées devant la porte, en serrant nos gosses contre nous, prêtes à sortir.

Elle lui raconte qu'un policier – toujours français – a ouvert la porte et là, surprise, un chapelet de fourgons de police nous attendait.

Une armada de flics en civil et de GMR, mais aussi des soldats allemands, baïonnette au canon, accompagnés de quelques officiers SS tenant des chiens en laisse...

Drôle d'accueil pour des femmes et des enfants qui allaient être libérés !

— En fait, on nous a entassés dans les paniers à salade, direction Arenc. Il devait être cinq heures et demie, six heures moins le quart...

Robert l'interrompt :

— La suite, je la connais par cœur pour l'avoir moi-même vécue.

L'accueil d'Arenc ressemblait à celui des Baumettes : soldats de la Wehrmacht pointant leurs baïonnettes, escadron du Service d'Ordre Légionnaire[3] au garde-à-vous, GMR casqués et flics en civil, l'air satisfait du travail réalisé.

Mais il y avait ce train, interminable, une ombre menaçante...

Et puis ces wagons à bestiaux pourris, qui me donnent envie de gerber et qui nous emmènent Dieu seul sait où...

3) La milice sera créée quelques jours plus tard, le 31 janvier 1943.

Robert

Train bleu

Pas moyen d'avoir une minute de répit. Ça gueule de tous les côtés. On se croirait à la criée aux poissons ! Auprès de moi, dans le couloir, le Blond semble dormir debout tandis que Jo est resté dans le compartiment et tente de lire le journal.

Il paraît que le voyage va durer quatorze heures…

Et dire que nous avons quitté Saint-Charles il y a un quart d'heure à peine !

Y a de quoi péter les plombs !

À l'entrée de la gare, des cordons de police filtraient les accès aux quais. Je me suis penché vers le Blond et lui ai lancé une œillade goguenarde :

— J'espère que t'as rien d'interdit sur toi. T'as pas emporté tes grenades ou ton flingue ?

Le flic qui nous fouillait sommairement nous a retourné un regard furibond. Il ne devait apprécier que très modérément les flots de plaisanteries qu'on lui déballait connement depuis des heures.

— Pouvez y aller… a grogné le condé dans sa moustache.

Derrière lui, de grandes poubelles en plastoc vert étaient remplies de canettes, de bouteilles de vin et même de flasques de pastis. L'alcool est interdit durant le voyage. On l'a répété cent fois, mais les Marseillais n'écoutent rien, c'est bien connu…

Dans la gare, le parcours jusqu'aux quais était soigneusement encadré par les agents cravatés de la SNCF. La police du rail veillait et redoublait de vigilance, sans doute parce qu'on était à Marseille…

Aux abords du quai A, nouveau contrôle. Papiers d'identité, billets de train, places de stade…

— T'as pas vingt-cinq louis ? Pour acheter le journal…

J'ai tendu à Jo une pièce de cinq balles. Au kiosque, il a récupéré « Le Soir » qui consacrait une édition spéciale à l'événement.

Les cinq trains spéciaux étaient sagement alignés sur les quais A à E, face à l'entrée de la gare. Une belle effervescence régnait. Chacun recherchait son wagon et sa place, et c'était pas toujours évident. Faut dire que beaucoup prenaient le train pour la première fois de leur vie !

Chaque convoi était composé de quinze wagons couchettes.

— Ça représente mille gars par train, remarqua Jo.

— Mille par train, cinq mille au total. Combien on sera là-bas ? questionna le Blond machinalement.

— Au moins vingt-cinq mille.

Jo a répondu sans grand mérite, après avoir déplié un exemplaire du journal qui rapportait tous ces détails.

Vingt-cinq mille…

Les trains spéciaux, les avions, les voitures particulières… Tout est bon pour envahir l'Allemagne !

Une centaine de flics et une trentaine de supporters chargés de la sécurité sont affectés à chaque convoi.

Le Blond annonça fièrement, sans même prendre le temps de lire ses billets :

— On est dans la voiture 4, places 41, 42 et 43… Je le sais par cœur.

Il a plus de mémoire que moi, le bougre.

Voiture 1, voiture 2, voiture 3…

— C'est ici !

Jo et le Blond ont grimpé dans le wagon, leurs écharpes blanches et bleues nouées autour du cou, et ils m'ont tendu la main pour me hisser sous le regard cotonneux d'une bande de lycéens qui se passaient un joint, histoire de mieux supporter le futur voyage.

— 41, 42 et 43, c'est là !

Les couchettes étaient nues, sans oreillers, ni draps. Sans doute une des conséquences du voyage à Bari, deux ans auparavant. Bari-Marseille, un interminable et pénible voyage de retour qui avait ulcéré les supporters, un interminable et pénible voyage qui avait été prétexte à tout saccager…

Ouais, je sais… J'ai dit « interminable et pénible voyage »…

Train bleu, train noir…

Les qualificatifs sont souvent relatifs, non ?

À dix-neuf heures, le train bleu s'est ébranlé.

Avec Bert et le Blond, nous avons rejoint les grappes humaines penchées aux fenêtres. On agitait les drapeaux, les gosiers éructaient des tombereaux d'injures.

« Milano, Milano, va fangulo ! ».

Qui ose encore prétendre que les Français sont allergiques aux langues étrangères ?

Tous gesticulaient, en sueur, le tee-shirt collé à la peau.

Je me suis surpris, moi habituellement assez discret, à joindre ma voix à celle des excités, « Milano, Milano, va fangulo ! », avant de me retourner vers Michel :

— Au fait, ça veut dire quoi, « va fangulo » ?

Le Blond a haussé les épaules. Il n'en savait rien, lui non plus.

— C'est certainement une injure, a-t-il lâché.

Finalement, j'ai l'impression que ce périple, au milieu de tous ces chtarbés d'une autre génération, va nous redonner un petit coup de jeune.

Le couloir empestait déjà la transpiration et j'ai vite pigé que la propreté ne devait pas être la qualité première de nos voisins. Pourvu que personne n'enlève ses godasses !

— Putain, ça va schlinguer cette nuit, laissa échapper Jo.

Manifestement, il était arrivé à la même conclusion que moi !

Et c'était parti pour quatorze heures. Quatorze heures dans ce brouhaha ?

— Non, ils vont se fatiguer. On va quand même peut-être pouvoir pioncer un peu. La journée de demain sera rude...

Mon jugement était sans doute plein de sous-entendus car nous avons échangé aussitôt un regard de connivence.

Nous savions bien, tous les trois, que le lendemain ne serait pas de tout repos.

Car il est difficile de s'improviser tueur à l'âge de la retraite...

Robert
Train noir

C'est toujours pareil, c'est quand tout va mal que les cons se déchaînent !

L'autre enflé qui jurait ne pas être juif, la folle aux cheveux gris et les autres, tous ceux qui ne disent rien mais qui m'observent d'un œil mauvais, paraissent retrouver les instincts des premiers âges…

***

Le samedi, on m'a parlé à demi-mots des rafles de l'Opéra qui avaient eu lieu durant la nuit précédente, des rafles que m'a détaillées Olga dans le train qui nous emmenait vers le nord.

« On », c'était la rumeur, cette saloperie qui rampait sur le pavé de Marseille en toutes circonstances et qui se déchaînait, faute d'informations véritables, en ces périodes troubles.

Je vais sans doute vous paraître égoïste, mais lorsque j'ai appris que les rafles concernaient uniquement les juifs, je me suis senti hors du coup, soulagé…

Lorsque j'ai été démobilisé, en 40, j'ai cru que les plus grands dangers s'éloignaient. Les plus grands dangers, c'étaient pour moi la guerre, les tranchées, les boucheries pour avancer de dix mètres. 14-18 était encore dans toutes les mémoires et les gueules cassées se glissaient dans l'ombre des ruelles.

J'étais heureux de rentrer à Marseille. Nous n'étions pas vainqueurs, mais nous étions vivants. C'est important d'être vivant lorsque vous avez la charge d'une femme et d'une gosse. Et puis, peu à peu, les événements ont tissé une sordide toile d'araignée sur notre quotidien.

On arrêtait les juifs...

Les temps étaient déjà assez difficiles comme ça, avec les privations, les parents prisonniers, la cinquième colonne, pour qu'on évite d'user son moral et son énergie à se préoccuper des malheurs des uns et des autres. Chacun devait gérer sa merde. Moi, j'avais la mienne et ça me suffisait amplement !

Donc, la veille, il y avait eu des contrôles dans le quartier de l'Opéra. On avait emmené un certain nombre de personnes aux Baumettes, pour des vérifications d'identité. Combien ? Dégun le savait, mais tout le monde avait espinché, à travers les persiennes des fenêtres closes, le va-et-vient continuel des camions bâchés qui, partis de l'Opéra, remontaient la rue Saint-Fé, passaient devant la Préfecture, la place Castellane, et empruntaient le Prado...

On disait qu'ils allaient aux Baumettes.

— Vous en faites pas pour eux, s'ils ont des papiers en règle, ils seront libérés... avait lancé l'épicier, un gros rouquin aux bajoues couperosées et aux petits yeux porcins, en m'octroyant ma ration de pain noir sous le portrait du Maréchal.

Finalement, on n'y était pour rien, c'étaient les autres, ceux qui contrôlaient les papiers qui seraient les seuls responsables au cas où...

J'avais quand même osé un :

— Sinon ?

— Sinon quoi ? Sinon, c'est qu'ils sont pas en règle. La loi est la même pour tous, tu sais...

Le goret m'avait cloué le bec.

La loi était la même pour tous...

Vite dit, dans ce Marseille aux mains des troupes de Sabiani...

Cette façon d'aller dénicher les gens à une heure du matin, de les sortir de leur plumard et de les jeter, souvent en pyjama ou en chemise de nuit, dans ces camions glacés, avait quelque chose d'immonde.

C'était ça, la loi ?

J'en ai conçu de la gêne. Ma ville avait brusquement changé, en quelques jours.

Le bouclage des quartiers du centre et le déploiement massif des troupes m'inquiétaient. Le vendredi matin, dès dix heures, j'avais remarqué les colonnes ininterrompues de camions bâchés et de side-cars de GMR qui arrivaient place d'Aix, avant de descendre la rue du même nom et le cours Belsunce. Des milliers de flics confluaient vers le centre-ville. Ils venaient de toute la région, mais aussi de Lyon, de Vichy... On rencontrait sans arrêt des escadrons de gendarmerie et des gardes mobiles. Une quinzaine de formations de GMR casqués sillonnait les rues.

Pour quoi faire ?

Pourquoi tant de flics ?

Allaient-ils en rester là ?

Allaient-ils se contenter de cette rafle nocturne de la nuit de vendredi à samedi ?

J'ai passé toute la journée du samedi auprès de Lina et Béa. Nous ne sommes pas sortis de notre appartement de la rue Torte, comme si nous pressentions un danger, comme si le malheur devait s'abattre inéluctablement sur tous ceux qui croiseraient, au hasard des rues, une colonne casquée...

Le ciel était gris, banal et lourd, un ciel d'hiver maussade qui n'avait rien d'un ciel de Marseille.

L'agitation ne submergea le quartier qu'à la nuit tombée, lorsque des automitrailleuses blindées allemandes se postèrent aux quatre coins du Vieux-Port, pour le boucler.

Les boches prirent position. Ils étaient armés de mitraillettes. Ils étaient nombreux, mais c'était pourtant la police française – des GMR et des flics en civil – qui s'agitait le plus, courant à droite et à gauche.

Rapidement, les boches se mirent en faction devant les portes cochères, tandis que la flicaille grimpait dans les étages.

Pourquoi fallait-il qu'ils choisissent encore la nuit, toujours la nuit, pour ces descentes de police ?

Avec Lina, évidemment, nous ne dormions pas.

Les bruits de bottes résonnaient sur le pavé de la rue, des ordres secs et des cris étouffés nous parvenaient comme une menace sourde.

Marseille n'était plus qu'une gigantesque souricière.

À travers nos persiennes, du premier étage de notre salle à manger, nous observions le va-et-vient des flics accompagnant les « suspects » jusqu'aux paniers à salade.

— Ça va être notre tour, Bert…

Lina s'inquiétait. Je chuchotais à son oreille.

— Y a pas de raison, ils recherchent uniquement des étrangers et des juifs.

Et des étrangers et des juifs, les vieux quartiers n'en manquaient pas ! Alors, j'étais sûr qu'on ne serait pas inquiétés. Je m'en suis voulu de brandir aussitôt cette xénophobie de circonstance en guise de protection, moi qui avais toujours accueilli les étrangers avec une certaine bienveillance.

Si je parlais ainsi, qu'est-ce que cela devait être pour les autres ! Pour ceux qui vitupéraient à longueur de journée contre les babis, les caraques et les espingos…

C'est à une heure du matin qu'ils ont tambouriné comme des fêlés à la porte d'entrée.

Béa s'éveilla en sursaut et se mit à chialer.

Lina était livide. Elle n'avait pas réussi à trouver le sommeil.

— Police, ouvrez ! ordonna la voix rauque de l'autre côté du battant.

Ils étaient quatre, un flic corpulent en civil, sanglé dans un manteau de cuir et trois GMR qui paraissaient beaucoup moins à l'aise dans leur rôle d'argousins.

Le mec au manteau cracha :

— Contrôle d'identité !

Il avait un lourd accent marseillais et une haleine qui empestait le gros rouge et l'ail. J'ai sorti nos cartes d'identité et les lui ai tendues.

Le gros au manteau ronchonna :

— Vous n'êtes pas juifs ?

Il avait l'air déçu, comme s'il était payé au rendement.

J'ai eu un mauvais réflexe :

— Vous voyez bien que nous n'avons pas le tampon, non ?

— Espèce de connard, je sais lire. Je te demande si tu es juif ou pas !

Il ne me laissa pas répondre et se retourna vers les GMR en leur tendant les cartes d'identité :

— Accompagnez-les tous les trois. On va vérifier ces papiers !

Dans l'escalier, nous avons croisé une dizaine de GMR et de flics en civil. Tous les occupants de l'immeuble étaient dans la rue.

La vieille Martoune, la locataire du rez-de-chaussée, avait enfilé à la hâte le manteau d'une voisine, un manteau noir beaucoup trop grand pour elle. Avec sa minuscule face fripée, on aurait dit une tête d'épingle égarée dans une pelote de laine ! J'en aurais souri dans d'autres circonstances. J'aimais bien plaisanter avec Martoune, elle avait l'esprit si vif.

Ils nous ont emmenés à l'Évêché pour vérifier nos papiers...

La rumeur enflait.

J'ai serré Lina et Béa, qui sanglotait toujours, dans mes bras :

— Vous en faites pas, ils vont vérifier nos papiers et ensuite, ils seront bien obligés de nous libérer. Tout est en règle...

Lina a esquissé un sourire :

— Bien sûr, tout est en règle...

Mais y croyait-elle encore ?

Elle savait sans doute que rien ne serait simple, avec ces flics et ces soldats autistes qui s'agitaient dangereusement autour de nous.

L'instinct des femmes, sans doute...

La nuit à l'Évêché fut courte et rythmée par les rumeurs et les incessants contrôles de police.

Béa réussit pourtant à se rendormir dans mes bras, car rien – même pas la folie des hommes – ne peut troubler durablement l'esprit d'une gosse de quatre ans.

À cinq heures du matin, une escouade de fourgons de police, vitrés avec des barreaux, stoppa devant le vaste bâtiment.

On nous entassa comme du bétail. Où nous emmenait-on? Certains évoquaient les Baumettes où semblaient avoir été conduits les raflés de la veille.

— Oh, vous n'irez pas bien loin… Enfin, je parle uniquement de la balade dans le panier à salade… grogna un flic en civil.

Pas bien loin…

Le convoi prit la direction du nord, la cathédrale de la Major disparut dans notre dos. Nous avons passé la Joliette, longé les darses pour entrer dans la gare d'Arenc.

Les chauffeurs – des gendarmes français accompagnés chacun par deux GMR – arrêtèrent les fourgons parallèlement à un train noir d'une longueur surprenante.

Il devait être près de six heures et demie.

L'obscurité noyait toujours le port, le ciel s'était à peine éclairci, une bise légère avait chassé les nuages de la veille et les étoiles scintillaient d'un éclat nouveau.

Tout à l'heure, le ciel serait d'un bleu insolent, un vrai ciel d'hiver marseillais, cette fois. Un ciel d'une effrayante limpidité balayé par un mistral glacial…

***

Les chefs de la Wehrmacht et des SS attendaient là, sur le quai. Ils venaient assister au chargement des victimes de la grande rafle.

Sanglés dans leurs uniformes, le colonel SS Bernhardt Griese et le général de la Wehrmacht Felber papotaient avec Karl Oberg. Le chef suprême de la police d'occupation en France avait des allures de professeur d'histoire. Grassouillet, avec son manteau, son chapeau mou, ses lunettes rondes à monture d'écaille et ses bonnes joues de bourgeois de province amateurs de cochonnailles, on l'aurait volontiers imaginé discutant de sujets banaux, d'économie ou de politique avec des confrères d'un collège de Bavière. Mais Griese, Felder et Oberg disserteraient sur l'économie et la politique plus tard, les trois hommes parlaient simplement de la mort, de la mort programmée des mille six cent quarante-deux personnes qui se serraient les unes contre les autres, comme des animaux apeurés.

Le flot de détenus n'était plus qu'une ombre massive et uniforme dominée, à l'arrière-plan, par la barrière ténébreuse et implacable des wagons.

Le long cortège sombre buta contre le cordon des policiers parfaitement alignés, des GMR aux casques luisants sous la timide lumière du matin.

Plus loin, les boches, uniformes feldgrau, baïonnettes aux fusils, veillaient. Ils ne participaient pas aux festivités. Ils étaient là, simples garants de la bonne marche des choses et de la bonne exécution des ordres venus de Berlin.

L'obscurité gommait la violence brutale du déchargement des fourgons. Tout se déroulait dans l'ombre de ce matin transi.

Seul, un œil exercé aurait pu discerner ces voyageurs involontaires, ces passagers aux visages déformés par l'anxiété, la stupeur ou l'incrédulité, jetés à terre sans ménagement.

***

— Qu'est-ce qu'on va devenir, Robert ? s'inquiéta Martoune, engoncée dans son manteau au col relevé.

— T'en fais pas, ils vont sans doute nous conduire à Aix et, au pire, nous garder quelques jours là-bas, avant de nous libérer.

Sur les quais du port, j'avais souvent entendu parler du camp des Milles, par des réfugiés espagnols que le gouvernement français, toujours soucieux de se poser en exemple d'hospitalité, avait bouclés là-bas.

— Après, ils vont nous libérer ?

— Évidemment, qu'est-ce que tu veux qu'ils fassent de nous !

Martoune sourit, complice :

— Sûr... Ils feraient quoi d'une vieille comme moi ?

Lina s'accrochait à mon bras, elle avait recouvert Béa, qui dormait toujours, d'un plaid de laine.

Il y avait là, pêle-mêle sur le quai de cette gare de marchandises, des femmes et des hommes, des vieillards et des enfants. On attendait ainsi, serrés les uns contre les autres, sous le regard torve des flics en civil.

Un des boches se détacha du groupe des généraux avec lesquels il discutait et se dirigea vers nous. Ce devait être quelqu'un d'important car les flics français l'observaient avec une certaine appréhension. L'homme était grand, coiffé d'un chapeau de feutre et vêtu d'un long manteau de cuir noir resserré par un ceinturon. Il ne portait aucun insigne, aucune marque de grade. On devinait seulement, sous le cuir, la forme d'un pistolet à sa ceinture. Son regard clair, un regard d'acier étonnamment froid, brillait dans la pénombre, pareil à une menace latente.

Il se posta devant notre groupe, nous examina sans complaisance et fit un bref signe de la tête. Aussitôt, des civils, qui étaient mélangés à la foule, arrachèrent brutalement les enfants des mains de leur père, puis séparèrent les femmes et les enfants des hommes.

Lina étouffa un cri, elle eut à peine le temps de saisir Béa dans ses bras. Je me suis précipité vers elle, mais un coup de crosse en pleine mâchoire stoppa net mon élan.

Le sang maculait ma lèvre et mon menton. J'avais l'impression d'avoir le crâne fendu... Béa chialait.

Je me suis relevé péniblement. Je les ai aperçues toutes les deux, ma femme et ma fille, emmenées sans ménagement avec d'autres femmes et d'autres jeunes enfants qui se débattaient en vain.

J'aurais voulu hurler, mais j'étais incapable de desserrer les mâchoires. Le sang coulait le long de mon cou dans ma chemise, la douleur me paralysait, mais ça m'importait peu.

C'est la séparation qui devenait, dans ces heures incertaines, la pire des souffrances.

Georges

Train bleu

L'étang de Berre…

Un camaïeu de tons violets et bleus…

Les tubulures d'acier de l'usine Shell s'embrasent sous le soleil couchant qui allonge les ombres et donne aux collines d'Istres une teinte sombre et inquiétante.

À la sortie du tunnel, aveuglé par les rayons rasants, je redécouvre peu à peu ce paysage familier transformé par la lumière du soir.

Bert et Miche s'en foutent, la brusque clarté aveuglante ne les fait pas ciller. Sans doute, avec leurs paupières closes comme celles des nonnes en pleine méditation, se croient-ils toujours dans le tunnel… Pourtant, autour de nous, c'est le ouaille.

Ça gueule à tue-tête.

« Milano, Milano, va fangulo ! ».

Tiendront-ils encore longtemps comme cela ?

Oh, bien entendu, ils ont bien tenté de diversifier le répertoire. Lorsque le coup de sifflet a libéré notre train bleu, un millier de gosiers a entonné avec une fougueuse gourmandise :

Il est cocu, le chef de gare,

Il a au cul un gros cigare…

La chanson n'en a pas dévoilé davantage sur l'infortuné chef de gare. À part le gros cigare qu'on lui a aimablement fourré entre les fesses, on ne saura rien de plus sur le cornard, car personne ne connaissait d'autres paroles que ces deux épouvantables octosyllabes.

Alors, au bout de la sixième fois, on s'est lassés, forcément, et on s'est rabattus sur le désormais classique :

« Milano, Milano, va fangulo ! » qui nous accompagne depuis la sortie de Marseille.

Le Blond émerge de sa torpeur. Certainement à cause du boucan qui redouble. Il soulève une paupière lourde.

— Long, ce tunnel, hein ?

— Ouais, mais le voyage ne fait que commencer. Ça ira mieux demain…

— En parlant de demain, je pense à un truc : tu pourrais pas aller vérifier, Jo ? J'ai toujours peur que ce con de Mickey se soit gouré…

Je réponds à Miche par un sourire :

— Sois pas inquiet… Mickey, malgré les apparences, c'est un mec sérieux. Je le connais bien… Tiens, j'y vais, si ça peut te faire plaisir… D'ailleurs, j'ai une de ces envies de pisser !

Je longe les compartiments dans lesquels on s'agite, on discute, on s'excite, on se murge. Malgré les contrôles successifs à la gare, l'alcool semble couler à flot dans les gosiers des futurs maîtres du monde. La nuit promet d'être longue et animée.

Parvenu au bout du couloir, je me plante devant les chiottes.

Vert.

C'est libre.

Je vais en profiter pour pisser. J'ai toujours envie de pisser. « C'est l'âge » m'a annoncé avec un fatalisme médical mon toubib qui sait bien de quoi il parle puisqu'il va sur ses trente berges !

Je m'enferme dans la cabine étroite et encore propre. Dans quelques heures, l'endroit va être redoutable, à cause de l'odeur… Je tourne le verrou et sors la clé de la poche arrière de mon falzar. Les boulons de la façade métallique se dévissent sans problème. Je les récupère et les range avec précaution dans la poche de mon blouson, puis j'ôte le panneau que je dépose sur la lunette des chiottes.

Mon regard s'allume.

Ils sont là.

Tous les trois.

Mickey a fait un super boulot. Je savais bien qu'on pouvait lui faire confiance.

Les trois Walther P38 sont solidement scotchés contre la paroi. Je ne les décolle pas, je me contente de déverrouiller puis d'ôter simplement les chargeurs. Histoire de vérifier.

Les trois chargeurs sont pleins. Huit bastos chacun. Du neuf millimètres parabellum.

Je frôle de l'index les canons, un geste presque amoureux – gentils canons si froids, implacables justiciers – avant d'hésiter un court instant.

Dois-je les ramener dans le compartiment afin de les planquer sous nos couchettes, ou bien les laisser là afin de les récupérer demain, au dernier moment, juste avant d'arriver au terme du voyage ?

Une sueur glacée perle dans mon dos.

Nous n'avons jamais parlé de ça avec Bert et Miche…

Je réfléchis un instant avant de replacer méticuleusement le panneau métallique. Mieux vaut ne rien toucher. Avec toutes les mesures de sécurité et les braillards qui foutent le boxon dans les compartiments, les flics sont capables de venir fouiller toutes les couchettes.

Ici, les trois P38 sont en sécurité.

Je relève la lunette des chiottes et pousse un soupir d'aise.

Je vais enfin pouvoir pisser…

Georges
Train noir

Les flics sont arrivés chez nous un peu après minuit.

Les coups de bottes dans la porte résonnèrent dans tout notre petit appartement du premier étage qui donnait sur la rue Torte. Mon père, Simon, fit signe à ma mère – elle s'appelait Irène – de ne pas bouger. Chez nous, toutes les lumières étaient éteintes, un peu comme s'il n'y avait personne. On nous avait dit que, la veille, certaines familles juives du quartier de l'Opéra avaient pu échapper aux rafles parce que les flics avaient cru leurs appartements déserts.

— Surtout ne pas allumer, avait bien recommandé mon père.

Les coups dans la porte redoublèrent.

Les flics allaient-ils enfin se lasser, passer au deuxième étage ?

Nous avons entendu des ordres. En français. Les flics ordonnaient à un des serruriers réquisitionnés de monter.

Bientôt, ils seraient tous là, les flics et les boches, dans l'appartement…

Rien ne servait de résister. Alors, mon père m'implora de me cacher dans une des grandes armoires en noyer que nous possédions dans les chambres. Il avait compris que la police n'inspectait que superficiellement les pièces. Nous avions suivi, à travers les persiennes, les va-et-vient des GMR dans la rue. Ils étaient pressés et débordés. Leur objectif semblait être d'embarquer le maximum de personnes dans un minimum de temps, et ils n'avaient certainement pas le loisir de mener des fouilles très approfondies.

Mon père ouvrit :

— Nous étions endormis, s'excusa-t-il.

— Contrôle d'identité, hurla un jeune GMR en l'écartant avec brutalité.

— Avec la tronche qu'il a, c'est un youpin, c'est sûr ! cracha un autre GMR plus âgé qui puait le pinard.

Il déplia nos papiers.

— Des juifs, bien sûr…

La mention était portée sur la carte d'identité. À l'encre rouge, sans doute pour que cela se remarque davantage.

— Vous n'êtes que deux ? lança le jeune GMR, soupçonneux.

— Oui, notre fils est chez des cousins, à Mazargues.

— Vous êtes sûr de ça ?

J'étais tétanisé. Une odeur de naphtaline emplissait mes narines. Je devinais le regard du jeune excité balayer la pièce lorsque le GMR plus âgé s'interposa :

— Écoute, laisse tomber. On en a encore des dizaines à cravater… Alors descends-moi ces deux-là avec les autres, dans la rue, et on continue.

Il leur rendit les cartes d'identité en leur annonçant qu'il y aurait une nouvelle vérification à l'Évêché.

J'entendis seulement la porte claquer et des bruits de pas s'évanouir dans l'escalier.

J'ai vécu l'arrestation de mes parents, tapi dans la penderie de ma chambre.

J'aurais voulu hurler, ne pas les abandonner, me jeter sur ces Français inféodés aux nazis, les rouer de coups. Mais, à treize ans, je me devais d'obéir à mon père. Je devais m'en sortir afin d'avoir plus de latitude pour les tirer d'affaire.

Au petit matin, les rues des vieux quartiers retrouvèrent le calme, un calme inhabituel. Les bistrots, les bordels, les salles de jeux étaient fermés.

J'ai alors quitté l'immeuble déserté. Les habitants des maisons qui n'avaient pas été visitées par les flics, restaient prostrés chez eux. Ils avaient suivi avec appréhension les rafles de la nuit et craignaient, sans doute, que ce jour nouveau ne leur apporte de nouvelles désillusions.

Quelques silhouettes furtives se mirent à hanter les venelles humides et froides. Ceux qui avaient réchappé au nettoyage ne comprenaient pas... C'est dans la rue, par la rumeur, que j'ai appris que tous les juifs avaient été emmenés à l'Évêché pour des vérifications d'identité.

Mes parents allaient donc être certainement libérés à l'issue de ce contrôle de routine. On ne pouvait rien leur reprocher, c'étaient des gens honnêtes, respectueux de la loi. Avec tous les malfrats dont la ville regorgeait, on n'allait quand même pas ennuyer les braves gens !

Rien ne servait de se lamenter.

J'ai décidé d'aller simplement les guetter au sortir du siège de la police marseillaise.

Je me suis donc mis en route...

J'ai emprunté la rue Bouterie désertée par ses putes et ses marlous, viré. à droite, rue Radeau, vers la place de Lenche, lorsque j'ai aperçu le barrage. Les flics français, épaulés par les soldats et une automitrailleuse de la Wehrmacht, barraient l'accès.

J'ai alors cherché un autre itinéraire, coupant par l'étroite rue Servian la Figuière pour descendre vers le port par la rue des Martégales. Je connaissais parfaitement ces venelles tortueuses, ces couloirs cachés et ces passages. C'était ma ville, après tout !

Tout à coup, les voitures radio se mirent à sillonner la rue Saint-Laurent. Leurs haut-parleurs grésillèrent :

— Tout va être détruit. Vous avez deux heures pour évacuer vos appartements !

Tout va être détruit ! Ils étaient devenus fous, ou quoi ?

J'ai consulté ma montre : il était huit heures. La bise glaciale qui avait dégagé le ciel s'engouffrait dans la rue des Martégales.

Aux abords du quartier, la présence policière se renforçait imperceptiblement.

Les haut-parleurs intimèrent à nouveau l'ordre de se rassembler sur le quai Maréchal Pétain. Chacun avait droit à trente kilos de bagages.

Les vingt-cinq mille habitants des vieux quartiers, éreintés par une nuit d'angoisse, ne s'attendaient pas à une expulsion aussi brutale. L'incompréhension se lisait sur les visages affolés que je croisais.

Je ne comprenais pas tout, je n'étais qu'un gosse à l'époque.

Les rues se repeuplaient fébrilement, les gens quittaient leur appartement et galopaient dans tous les sens.

— Tout va être détruit !

L'annonce courait sur le pavé. Le glas de l'église de Saint-Laurent, l'église des pêcheurs dont les voûtes romanes et la pierre rose surplombaient joliment le Vieux-Port, se mit à sonner. Il ne s'arrêta pas de la journée.

J'ai décidé de remonter chez moi pour récupérer quelques affaires que j'ai hâtivement rangées dans une petite valise en carton. J'y ai ajouté de l'argent, l'argent que mon père cachait au fond d'une armoire. « Pour le jour où nous en aurions besoin », me disait-il. J'avais la sale impression que ce fameux jour était arrivé…

Grâce à ma petite taille, j'étais persuadé de pouvoir me fondre dans ces mouvements de foule et de trouver ainsi l'occasion d'échapper aux flics.

Ils avaient établi un centre de triage sur le quai, à l'angle de la rue des tamaris. Dans leur dos, les Allemands suivaient les opérations de contrôle avec attention. À l'aide des listes aimablement fournies par les Renseignements généraux, ils recherchaient les rares juifs, résistants et communistes qui auraient pu leur échapper la nuit précédente.

Mon dégoût et ma haine redoublèrent lorsque je m'aperçus que les flics français étaient encore plus hargneux que les nazis.

Ils livraient systématiquement leurs compatriotes à un officier allemand. Ah, ils avaient été moins courageux et moins dynamiques en 40, nos patriotes zélés engoncés dans leurs uniformes !

Près d'eux, les sbires du Service d'Ordre Légionnaire, identifiables à leurs bérets ronds et leurs chemises kaki, observaient, hautains, cette populace affolée. Pas question pour eux de porter ou même de toucher les baluchons de cette racaille ! Ils étaient là, gardiens vigilants de la France vénérable et de l'ordre nouveau. Ils veillaient à ce qu'il n'y ait pas de passe-droit. Ils connaissaient bien la sale réputation de la flicaille marseillaise et n'avaient qu'une confiance très relative en ces fonctionnaires de police dont certains adoraient s'acoquiner avec la pègre locale dans l'arrière-salle des bouges du Vieux-Port.

Seuls, ceux de la défense passive, casqués comme les militaires, et quelques scouts aidaient les plus faibles à transporter leurs paquets.

Le quai du Maréchal Pétain était noir de monde.

On avait disséminé les meubles le long des trottoirs. Des objets familiers traînaient dans le ruisseau, tandis que les sacs élimés et les valises déformées s'entassaient contre les façades.

Les habitants, hagards, restaient figés tels des statues de sel, les gosses chialaient. Ce n'étaient que des pauvres gens, du petit gibier. Les grands truands, ceux qui avaient servi de prétexte à cette rafle, étaient depuis belle lurette au vert. Les uns avaient été avertis du coup de filet par leurs amis de la mairie proche. Les autres avaient rejoint la police allemande et plastronnaient dans leur manteau de cuir en exhibant leur carte de la Gestapo et en grondant un « Policeu allemandeu ! » d'un accent lourd et vulgaire.

Les plus âgés jetaient un regard amer et consterné sur le plan d'eau où les Phocéens avaient accosté vingt-six siècles auparavant, auréolés de tous les soleils de l'Anatolie.

Certains se souvenaient peut-être des vers de Brauquier, que citait souvent mon père :

« Sur le quai du Vieux-Port où dorment les tartanes,
Alourdies de soleil, et les voiliers latins,
Je ferai ma demeure et les noires sultanes
M'offriront un désir nouveau chaque matin. »

Elles étaient bien loin, les noires sultanes qui faisaient rêver mon père !

Les voyageurs venus d'ailleurs, ceux que je croisais chaque jour dans le quartier, les fugitifs de Varsovie, de Prague et de Vienne, les Italiens, les Espagnols, les Arméniens et les Algériens à la peau trop sombre, les réfugiés qui fuyaient les dictatures ou les misères de leurs terroirs étaient embarqués sans ménagement par les vrais petits Français du SOL, béret rond sur le crâne, Maréchal au cœur et svastika dans le pantalon.

Une des plus grandes rafles de l'histoire se déroulait sans que personne ne s'en émeuve vraiment, sans que moi-même j'y comprenne quelque chose. L'indifférence des uns, l'apathie et la morgue des autres, facilitaient l'action de ces experts en barbarie et de leurs valets français qui s'apprêtaient à raser des murs millénaires, riches d'un passé devenu illicite.

J'ai attendu un moment, puis je me suis décidé à contourner le centre de triage par la rue de la Salle. Des commandos parcouraient les ruelles interdites, où on devinait des hommes traqués tentant d'esquiver le contrôle fatal, des ombres craintives et furtives que mon regard surprenait derrière l'éclat des casques à nuque.

Au sortir de la rue de la Salle, j'ai aperçu les groupes de GMR qui exploraient systématiquement les caves. Certains en ramenaient, triomphants, des tirailleurs sénégalais. Les nègres, mains sur la tête, brutalisés par les bons aryens, avaient abandonné leurs pagnes et leurs cases en 39 pour défendre une « mère patrie » qui les avait prestement délaissés au lendemain de l'armistice. Démobilisés, ils étaient depuis, bloqués à Marseille à cause de l'interruption des liaisons avec l'Afrique Noire.

Coincés comme des rats dans le port phocéen, avec leurs tronches de « Y a bon Banania ! » et leurs yeux qui roulaient, effarés, ils constituaient des victimes de choix pour la police française.

Les flics ont toujours aimé taper sur les négros, au moins eux, ils ne marquent pas.

Des bleus sur du noir, c'est toujours du noir.

J'étais presque tiré d'affaire lorsque j'ai pensé à Gildo.

Comment avais-je pu l'oublier ?

Gildo était sûrement resté dans la salle à manger. Je n'avais même pas fait attention à lui lorsque j'étais retourné chez nous afin d'y récupérer quelques affaires. Il devait roupiller dans un coin comme un bienheureux – Gildo ne pensait qu'à dormir – et se ficher de ces haut-parleurs de mauvais augure.

Il fallait le retrouver à tout prix.

Dix heures moins dix.

Dans dix minutes tout sauterait !

Le quartier était désert. J'ai contourné l'hôtel de ville, remonté la rue de la prison, tourné à l'angle de la rue de la Taulisse pour rejoindre la rue Torte. Je m'engouffrais dans l'escalier de notre immeuble lorsque je suis tombé sur un groupe de GMR qui s'assuraient que tous les appartements avaient bien été désertés.

Les flics m'agrippèrent sans ménagement par le col et me conduisirent jusqu'au centre de triage.

Gildo devait toujours somnoler comme si de rien n'était.

Le monde allait s'écrouler et il devait ronronner, du bonheur plein les rêves.

Les chats ont parfois de ces indifférences !

***

Le glas de Saint-Laurent résonna toute la journée sur le Vieux-Port.

Car ce jour-là, c'est un curé de quatre-vingts ans qui sauva l'honneur de Marseille.

L'abbé Cayol officiait à Saint-Laurent. Il refusa tout net de quitter son église et sonna inexorablement le glas tout le dimanche, tandis que mourait la paroisse la plus ancienne et la plus fervente de la ville sous la botte des soudards.

Les jours suivants, resté seul, il célébra tous les jours la messe. Mais comme il n'était pas simplement contemplatif, il secourut les opprimés et les spoliés, dénonçant ceux à qui profitait le crime.

Est-ce ce dimanche 24 janvier 1943, qu'il écrivit les missives qu'il envoya plus tard au Préfet et au Maréchal : « Comme il fallait quand même trouver des terroristes, des bandits, des gangsters, dans notre population paisible et laborieuse, on choisit sans discrimination des jeunes gens, de bons pères de famille qui à l'heure actuelle sont encore détenus, internés comme indésirables, mais martyrs du désarroi, de l'incurie et du désintéressement de l'administration municipale ».

Mais qui pouvait entendre, dans cette France sourde et aveugle, dans cette ville à genoux, le réquisitoire d'un vieux curé ?

***

Je me suis retrouvé avec ma valise minable dans un de ces tramways qui conduisaient les évacués jusqu'à la gare maritime d'Arenc, Arenc d'où était parti le long train noir quelques heures auparavant.

Le va-et-vient des tramways se poursuivit jusqu'à cinq heures du soir.

Vingt mille personnes furent ainsi transportées, serrant dans des baluchons de fortune plaqués contre leur poitrine l'essentiel de leurs biens, l'essentiel de leurs souvenirs, l'essentiel de leur vie,

À Arenc, un train à bestiaux nous attendait.

Un autre train noir.

On nous sépara une fois de plus – les hommes d'un côté, les femmes et les enfants de l'autre – et on nous entassa dans les wagons qui puaient le fumier.

Les convois prirent la direction de Fréjus.

Le wagon surpeuplé dans lequel j'avais été jeté arriva au camp des Caïs, l'ancien camp de soldats sénégalais de Fréjus, en fin de journée.

***

Le dimanche 24 janvier 1943 fut un dimanche froid mais ensoleillé.

L'après-midi, huit mille Marseillais se pressèrent au stade Bouisson, pour encourager l'équipe de football de Provence qui battit celle du Languedoc par trois buts à deux.

Le match avait été fort agréable, il y avait eu des buts.

Les huit mille spectateurs avaient pleinement goûté cette belle journée d'hiver marseillais, froide mais ensoleillée. Ils avaient assisté à un bon match de foot et, cerise sur le gâteau, à la victoire des locaux...

Une bonne journée en somme...

Michel
Train bleu

— Alors voilà...

Bert, qui a récupéré le journal des mains de Jo, déplie « Le Soir », chausse ses loupes et annonce avec un phrasé de sénateur maire :

— Olympique de Marseille... Barthez, Angloma, Boli, Dessailly, Eydelie, Sauzée, Deschamps, Di Meco, Pelé, Boksic, Völler... Les remplaçants : Olmeta, Casoni, Ferreri, Durand et Thomas.

— C'est une prévision ?

Bert ôte ses lunettes. Il n'aime pas les garder sur le nez, il trouve que ça le vieillit. Une coquetterie inutile à près de quatre-vingts berges... Faut dire qu'il n'a pas besoin de paraître plus vieux que son âge. C'est dingue ce qu'il a décollé, Bert, depuis son attaque !

— C'est donné sous réserve... De toutes les manières, avec ce sorcier de Goethals, on peut prévoir des remaniements au dernier moment...

Debout autour de lui, les trois jeunes semblent au garde-à-vous.

Lorsque nous nous sommes installés dans le compartiment, Jo a immédiatement remarqué le sac Adidas qui paraissait abandonné sur la couchette numéro 44.

Bert a fait tout un fromage : « Ce sac… On sait pas ce qu'il y a dedans… Et si c'était une bombe… ».

Et patin couffin…

Heureusement que les trois jeunes sont arrivés.

En fait, le sac en question appartient à Fabien, c'est le plus âgé des trois. Quand je dis âgé, c'est quand même très relatif, car il est bien plus jeune que nous, le Fabien. Il doit avoir trente berges à tout casser.

On pensait que les trois autres occupants du compartiment seraient des mecs. Des mecs comme nous, ou un peu plus jeunes que nous, mais des mecs. Et voici que le trio qui s'est rappliqué au dernier moment est composé de deux jeunots et d'une gonzesse. Donc, outre le Fabien, on aura le privilège de passer deux nuits (celle qui est déjà bien entamée, puis la prochaine puisqu'on doit repartir de Munich juste après le match) avec Ludovic, un gisclet de vingt-deux ans au look de punk un peu démodé, et sa galline, Sandrine, vingt berges et ce qu'il faut là où il faut.

J'ai deviné que Jo et Bert étaient un peu contrariés. À cause de la fille… C'est pas tous les jours qu'ils doivent partager leur carrée avec un tendron ! Avec quarante ans de moins, ça ne les aurait certainement pas gênés, bien au contraire, mais maintenant, à leurs âges…

Je vous avouerai que moi aussi, j'étais un peu désarçonné. On a besoin d'être entre nous et on imaginait sans doute avoir le compartiment pour nous seuls !

Fabien, qui paraît le plus sympa des trois, n'hésite pas à donner son avis sur la composition de l'équipe :

— Même s'il change un joueur ou deux, c'est quand même une équipe de cadors. Vous savez, les gars, j'ai encore en travers de la gorge la manière dont on s'est fait enfler à Lisbonne avec cette main de Vata… Et notre voyage à Bari, il y a deux ans, avec ce péno de merde manqué par cette bordille d'Amoros… Demain, les gars, c'est pour nous, j'en suis sûr… C'est le grand Milan AC qu'on va niquer, celui qu'on a fait baver avec Waddle…

— Ça, c'est sûr que c'est un grand Milan AC…

Bert ne peut que confirmer les propos du jeunot en gesticulant.

Fabien poursuit :

— Ces défaites nous ont appris des tas de choses. De mettre toutes les chances de notre côté, par exemple. Tenez, moi qui ne supporte pas les curés, vous savez ce que j'ai fait cet après midi ?

— Tu t'es fait baptiser ! affirme Jo.

— Non, quand même pas ! Je suis monté avec les collègues jusqu'à la Bonne Mère. J'y étais jamais monté, moi, jusqu'en haut…

— Ouais, à six heures, on était devant le char Jeanne d'Arc, avec nos drapeaux, nos perruques en plastoc, nos drapeaux et tout le saint frusquin, ajoute Sandrine.

— C'est pas grand-chose, reprend Fabien, mais si on avait fait ça, il y a deux ans, on l'aurait déjà raflée la coupe aux grandes oreilles. On la méritait quand même plus que l'Étoile Rouge !

Je reviens vers Robert :

— … Et Milan, Bert ? Tu nous la donnes, l'équipe de Milan ?

Je m'étonne moi-même de me prendre au jeu. Le foot n'a jamais été ma tasse de thé – ou plutôt mon verre de 51 – mais je suis sans doute pris par cette ambiance électrique.

— Milano, va fangulo !

Jo, d'habitude si discret, se laisse aller. Ça fait à peine une demi-heure qu'il connaît trois mots d'italien et il ne se prive guère pour les sortir à tout bout de champ.

Je l'ai jamais vu aussi déconnard, Jo, lui d'habitude un peu coincé dans son costard croisé. Faut dire que dans son job, il peut guère se laisser aller, question fringues. Quand tu vends des bagouses à un bâton pièce dans ta bijouterie, tu peux quand même pas t'attifer comme le dernier des clodos !

Aujourd'hui, il me paraît super décontract. Il a peut-être oublié le but de notre voyage…

— Arrête un peu de décounailler, tu veux... Je vais vous dire pour Milan...

Bert chausse ses loupes et passe une main aussi large qu'un battoir dans sa tignasse grisonnante...

— Papin, il joue pas Papin, hein ?

Sandrine semble s'intéresser au moins autant que les cinq hommes à la composition des équipes.

— Eh, non, il joue pas, ma caille ! affirme Ludo qui ponctue son assertion d'une bise sonore sur la joue avant de lui rouler une méga pelle.

Le Ludo et sa galline semblent autant fanas du palot et du baiser zézette que du coup franc indirect à la limite de la surface de réparation.

Avec Bert et Jo, nous leur décochons un regard noir. Ils ne vont quand même pas se lécher la poire et se ramoner le fond de la glotte durant tout le trajet !

— Faudrait pas qu'ils s'emmoulonnent toute la nuit, ces deux-là, grogne Bert à mon oreille.

Je lui réponds, avec juste ce qu'il faut de grivoiserie dans la voix :

— Oh, pourquoi pas ? Si on nous invite à participer aux festivités...

Puis j'éclate de rire en apercevant les yeux ronds et étonnés de Bert.

Je plaisante...

— Alors, pour le Milan AC...

Bert se racle la gorge et prend maintenant la voix du speaker du stade Vélodrome pour annoncer la formation italienne.

— Dans les buts : Rossi. Puis Tassotti, Costacurta, Baresi, Maldini, Donadoni, Albertini, Rijkaard, Lentini, Van Basten, Massaro. Remplaçants...

— Tu vois, il y est pas, Papin, je te l'avais dit...

Regard noir de Bert au-dessus de ses lunettes :

— Je continue ou quoi ? Alors, je disais : remplaçants... Cudicini, Nava, Evani, Eranio et... Jean-Pierre Papin !

— L'enculé…

Je n'ai qu'une admiration très mitigée pour ces supporters qui possèdent cette étrange faculté de cracher sans remords sur ceux qu'ils ont adorés hier, sous prétexte que leurs ex-idoles portent un maillot d'une autre couleur sur le dos. Ainsi notre Jipépé jadis adoré serait-il devenu le roi des bordilles parce qu'il a troqué le maillot blanc contre un maillot rayé rouge et noir ?

La qualité des hommes ne tiendrait-elle qu'à la couleur de leur tenue ?

Un bon sujet pour le prochain bac de philo…

— Je te l'avais dit !

Sandrine exulte et roule une pelle au gisclet sous le regard courroucé de Bert qui interrompt la gamelle :

— Écoutez, les jeunes, on va être six à pioncer ici. Enfin, quand je dis pioncer, ça va pas être aussi évident que ça avec le raffut. Demain, la journée sera dure pour tout le monde, alors faudrait pas trop déraper, parce que s'il y en a quatre qui essayent de dormir et deux qui baisent à couilles rabattues, ça va pas aller, capitch ?

Le teint de Sandrine vire au rouge. Ludo rétorque, du ton du mâle protecteur :

— Écoute, pépé, on te fait pas chier, alors nous cherche pas…

— Oh ! Vous déconnez ou quoi ? On n'est pas là pour se foutre sur la gueule, quand même ! Cool, les gars… Les jeunes, mais aussi toi, Bert !

— Ouais, OK, Blond. T'as raison…

— Serrez-vous la pince. Et l'incident est clos.

La poignée de main n'est pas vraiment amicale, et c'est Fabien qui ramène le calme en prenant Ludo et Sandrine par les épaules :

— Allez, on va faire un tour, on va voir les collègues…

Il se retourne vers Bert, comme s'il devait se justifier.

— Les mecs du quartier sont dans la voiture 5…

Je calme le jeu :

— Allez-y les jeunes. Et vous faites pas de bile, on vous garde la place au chaud.

Quand ils sont sortis, je claque la porte coulissante.

— T'es con ou quoi, Bert ? Tu crois qu'on a besoin d'embrouilles ?

Bert fixe ses godasses, un peu dépité :

— Je sais... Ça été plus fort que moi. La tension, tu comprends... Et puis, je supporte pas tous ces léchi-léchas... J'ai pas envie de les entendre glousser toute la nuit. J'ai jamais piffé les couples qui baisent à moins d'un mètre de moi...

— Tu crois pas qu'on a des points un peu plus graves à aborder, ce soir, non ?

— T'as raison, Blond, t'as raison...

Je me retourne vers Jo. Il est temps de changer de sujet.

— Jo, raconte-nous plutôt ta visite aux chiottes.

Bert se rapproche :

— Ouais, alors ?

— Alors, j'ai vidé ma vessie. Un vrai bonheur, les gars...

— Putain, c'est pas ça qui nous intéresse, tu le sais bien, non ? Alors ?

— Alors, ils sont là, tous les trois. Trois super flingues... Du beau matos... Mickey s'est pas foutu de nous et puis, il a fait du super boulot. Vous verriez cet emballage...

— Les bastos ? Y a les bastos au moins ?

— T'inquiète pas, Bert. Sûr qu'il y a les bastos. Du neuf millimètres parabellum... Trois chargeurs de huit bastos chacun. Vingt-quatre au total.

Je m'excite :

— Oh, putain ! Si on lui met tout ça dans le buffet, il sera transformé en steak haché, ce saligaud !

Bert pose son regard alternativement sur Jo et sur moi. Il paraît surpris de mon enthousiasme tout neuf. C'est vrai que je pose parfois des questions sur l'utilité de notre virée à Munich. Mais maintenant, les dés sont jetés. Alea jacta est, comme disait le bon Julot César avant de franchir le Rubicon.

— Ça me fera une drôle d'impression, les gars. Ça nous rajeunit pas tout ça... Ça fait combien de temps, Blond, que t'as sauté ?

Son regard est d'une douceur étonnante.
— Plus de cinquante balais, Bert...
Il est couillon de me rappeler ça.
Je crois bien que j'ai de la pluie plein les yeux...

Michel

Train noir

Soudain le train s'immobilise en rase campagne, le long du Rhône.

Chacun se tait, dans l'attente… Les conditions du transport sont insupportables, mais tout nouvel élément – un arrêt par exemple – l'est encore plus. Il est vécu comme une menace latente.

Surtout lorsqu'on s'agite à l'extérieur…

Je devine la course folle sur la voie, les foulées qui dérapent sur le ballast. Je tente d'observer la scène par la lucarne.

Quelques ombres passent le long de la voie ferrée.

Des ordres hurlés en allemand, l'aboiement des chiens…

Les ombres ont disparu…

Le crépitement d'une rafale…

Un cri rauque…

J'imagine le corps qui s'affale…

Une détonation sèche.

— Le coup de grâce, chuchote Robert qui accentue machinalement sa pression sur mes mollets.

Ses mains se sont crispées, machinalement. Je suis heureux d'avoir été privé de l'image du fugitif qu'on cueille d'une salve et qu'on achève en lui perçant le crâne.

— Tu crois qu'il est mort ?

Ma question est machinale, je regrette aussitôt de l'avoir posée.

— Mort ? Sûrement.

La réponse de Robert était évidente. La grande femme maigre aux cheveux gris en bataille se déchaîne à nouveau :

— Sûr qu'il est mort ! On va tous crever ! Bientôt, dans ce wagon, y aura que des morts !

Un silence oppressant retombe sur le convoi.

Un mort. C'est quoi, un mort ? Ça ressemble à quoi un mort ? J'en ai jamais vu et l'espèce de sorcière qui hurle m'a foutu les jetons.

L'homme a-t-il réussi à ouvrir la porte coulissante de son wagon pour s'enfuir ?

Au dehors, quelques boches excités semblent se quereller, à moins que ces grondements soient indissociables de la langue de Goethe aboyée par des soudards. Les crissements sur le tout-venant du remblai – des bottes certainement – prouvent qu'on s'agite autour des wagons.

Je perçois le cliquetis des pinces contre les serrures des portes coulissantes.

Clic, clac…

***

Clic, clac…

Le bruit métallique me rappelle le petit homme en bleu, un employé malingre, engoncé jusqu'aux oreilles dans une canadienne, qui a plombé les portes avant le départ d'Arenc.

Il était un peu moins de sept heures, j'étais serré contre ma mère et j'observais l'agent des chemins de fer qui passait de wagon en wagon, scellant la fermeture de la porte coulissante avec de grosses pinces.

Était-ce la première fois qu'il refermait ainsi des wagons à bestiaux, pleins à craquer d'hommes, de femmes et de gosses ? Difficile à savoir, l'homme en bleu ne nous calculait jamais, il relevait machinalement son col chaque fois qu'il sentait nos regards se poser sur lui. Ce mec n'était sans doute pas très fier de son ouvrage.

La bise du matin était glaciale. Le petit homme à la canadienne devait penser qu'il faisait plus doux dans les wagons, on y était si serrés qu'on devait forcément conserver un peu de chaleur…

Il a haussé les épaules. À quoi servait de se poser ce genre de question ? Il devait sans doute se dire que c'était bien malheureux de voir des gens traités comme des bêtes, avant de compenser cette pensée par une justification qui l'exonérait de toute faute et purifiait sa conscience : « Après tout, chacun sa merde, personne ne vient m'aider, moi… Et puis, s'ils sont là, si l'administration française les traite ainsi, c'est qu'ils ne doivent pas être tout blancs, les bougres ! ».

Le petit homme devait monter ces arguments en neige chaque fois qu'il refermait les lourdes portes sur les visages émaciés et les gémissements.

Peut-être que ça l'aidait à s'endormir, le soir…

L'employé frileux et besogneux, l'employé insignifiant qui avait l'habitude de boucler des chevaux dans les wagons à bestiaux, avait quand même cadenassé plus de mille six cents personnes dans la seule matinée de ce dimanche 24 janvier.

***

Clic, clac…

Le bruit métallique de la serrure attire, à chaque fois, des plaintes à l'intérieur du wagon.

On se demande ce que les boches ont encore inventé.

Cherchent-ils des complices de l'évadé ? Des otages ?

On se tasse…

Les boches semblent seulement vérifier la solidité de la fermeture enclenchée au moment du départ. On retient son souffle. Dehors, ils sont certainement beaucoup plus dangereux que l'employé maigrichon de la gare d'Arenc.

Quelques ordres moins agressifs, puis le train redémarre.

Lentement…

La fatigue commence à faire son œuvre, les courbatures vrillent les membres.

Robert me redescend de temps en temps afin que j'évite l'ankylose, ma mère me serre alors très fort contre elle, jusqu'à ce que j'étouffe à nouveau. Alors, Robert me remonte rapidement. Perché sur ses épaules, le visage arrimé au vasistas, je me concentre sur le paysage qui défile afin de tenter d'oublier l'homme qui vient de mourir et les prédictions de la folle aux cheveux gris.

Robert reste debout. Ma mère est collée à lui, debout elle aussi, comme si ça l'aidait à veiller sur moi. Les autres ont décidé de s'asseoir, le dos du voisin encastré dans ses jambes légèrement écartées. Cette position permet au moins un repos assez relatif.

À quoi, pense-t-il, Robert ?

Il parle de Lina et ma mère de mon père, les absents ont ici une étrange importance…

Parfois, ils observent de longs silences, blottis l'un contre l'autre, et je les sens embarrassés.

Est-ce uniquement pour interrompre cette relation gênante que Robert me propose de fuir ?

— Miche, regarde si tu peux passer la tête par le vasistas.

Je me hisse sur la pointe des pieds. Une légère traction et l'air frappe plus vivement mon visage :

— Ouais, Robert, je peux.

— S'il peut passer la tête, il peut passer le corps… Miche peut s'échapper par le vasistas et toi aussi, Olga.

Fuir. L'idée me paraît d'autant plus ridicule qu'un mec vient de se faire flinguer pour l'avoir tenté. Je frissonne au souvenir du bruit sec. Le claquement de la balle dans la nuque… Le cadavre abandonné sur le ballast…

Robert presse le bras de ma mère. Il lui chuchote :

— Pourquoi ne pas tenter ? Les Allemands ne s'apercevront de rien. Et puis, nous ne sommes pas très loin de Marseille… Vous pourrez regagner la ville, vous planquer chez des amis, en attendant…

Ma mère le fixe, pensive.
En attendant quoi ?
Yvon ?
La fin de la guerre ?
De reparler de tout ça quand le cauchemar serait fini ?
— Tu... Tu ne viendras pas avec nous ?
Il sourit à la question de ma mère :
— Moi, avec mes épaules de docker, tu me vois passer par ce trou de souris ? Je resterai coincé. Non, je me démerderai plus tard.
Je suis déçu. J'aurais aimé que Robert nous accompagne. Sa présence est rassurante.
— Mais c'est dangereux de sauter du train. Après tout, ils vont peut-être nous libérer ?
— Nous libérer ? Je ne le crois plus maintenant. J'ai pensé un moment qu'ils nous conduisaient aux Milles, mais ce n'est pas ça... Il faut se tirer dès qu'on le pourra. Et puis, Miche, avec ses problèmes respiratoires, il va être constamment emmerdé. T'as qu'à voir ici... Faut vous tirer tous les deux, Olga...
Oui, nous tirer... Robert a raison... Il faut nous tirer, sortir de ce wagon puant où j'étouffe. Nous tirer, courir face au vent, avaler avec avidité l'air glacé.
Ma mère se rapproche de Robert. Elle pose sa main sur son bras.
— Drôle de période...
Il avale sa salive et tente d'éviter son regard.
— Oui, drôle de période... Alors, vous y allez ?
Le gaillard paraît ému comme une communiante. C'est moi qui réponds :
— Ouais, on y va, 'man. Le train va pas vite, c'est pas dangereux. Faudra surtout éviter de se planter dans un des poteaux de la ligne...
— Miche, s'il m'arrivait quelque chose, tu irais chez madame Martin, à la rue de la Palud.
— T'en fais pas, 'man, je la connais. Et pourquoi, tu voudrais qu'il t'arrive quelque chose ?

— Il n'y a pas de raisons. Mais faut tout prévoir…

— Moi aussi, j'aimerais bien sauter, lance un ado famélique qui a intercepté notre conversation.

— Aidez-le, aidez mon niston à se tirer d'ici, ajoute un vieil homme qui n'a pas quitté l'ado depuis le départ du train.

Son père sans doute…

C'est Robert qui répond :

— Ouais, mais après. Tu seras le numéro trois si tu veux.

Le maigrichon esquisse un sourire satisfait tandis qu'un gros homme au visage couperosé crache :

— Dites, c'est pas fini, vos couillonnades ! Vous avez pas compris que les frisés rigolent pas avec ça ! Si vous vous faites choper, ils vous zigouilleront, et ça je m'en branle. Mais s'ils s'aperçoivent que vous vous êtes échappés de ce wagon, ils se vengeront sur nous !

— Ne l'écoute pas, Miche… Vas-y, je te suis !

La voix de ma mère est fluette mais déterminée. Curieusement, l'angoisse qui l'étreignait au départ semble l'avoir quittée.

— Fais gaffe au poteau, Miche… Et dans le sens de la marche, n'oublie pas ! ajoute Robert qui pose les paumes de ses mains sous mes semelles afin de me hisser encore plus haut.

Une traction des bras, je m'insinue dans le vasistas.

L'air blême et glacé me happe.

Je m'envole, lourd comme un oiseau de nuit.

Robert
Train bleu

Le parcours du train bleu nous dévoile des champs fraîchement labourés, des haies de peupliers, le déferlement doré des genêts en fleurs dont on devine le parfum entêtant. Là-bas, des fermes basses émergent de la verdure. Un paysage paisible, bien loin de l'effervescence qui règne dans le wagon.

Ce sont – à peu de choses près : les fleurs et les couleurs – les mêmes paysages que ceux de l'hiver 43 qui étaient, eux aussi, insensibles aux malheurs des hommes tétanisés par la peur dans le long train noir.

— Ça fait combien de temps, Blond ?

J'ai demandé ça un peu machinalement et le Blond m'a répondu simplement, comme s'il s'attendait à ma question :

— Plus de cinquante balais, Bert…

Nous sommes sortis dans le couloir, laissant Jo tout seul dans le compartiment. Jo s'est attaqué aux mots croisés du canard. Il ne semble pas vouloir s'interposer dans nos souvenirs communs.

— Un demi-siècle, tu te rends compte…

Pourquoi a-t-il fallu que tout ça resurgisse brutalement cinquante ans plus tard ?

J'ai pris ça en pleine poire. Curieusement, plutôt que de m'abattre, moi qui n'étais guère flamme avec ma guibolle raplapla et mon cœur flagada, ça m'a donné envie de lutter, envie de remettre les pendules à l'heure. Cinquante ans après, un surprenant et furieux désir de vengeance m'a submergé.

Je vivais avec mon passé. Je ne l'avais jamais accepté, mais je vivais avec.

Mon passé… Un passé de merde, un passé aux images de plus en plus floues à cause des photos détruites de ma vie d'avant janvier 43. Lorsque je suis rentré à Marseille, je n'ai rien retrouvé… Un passé hanté de fantômes et d'amours enfouis mais toujours étonnamment vivants.

Un drôle de passé…

Pire : une histoire qui semblait ne jamais avoir été la mienne.

Et le Blond – je l'appelais Miche à l'époque mais j'ai préféré plus tard « le Blond » à ce diminutif qui me rappelait trop de mauvais souvenirs – qui me remet ça sur le tapis, comme si notre crime programmé n'était pas assez préoccupant !

Remarquez, je ne lui en veux pas, c'est quand même moi qui l'ai mis dans le coup. Je sais aussi que c'est en malaxant ses sales souvenirs qu'il se remobilise, lui qui ne m'a jamais semblé très chaud pour notre virée munichoise.

Il est couillon, le Blond, avec ses questions à la mords-moi-le nœud…

Bien sûr que je n'ai pas oublié les montagnes d'Ardèche…

Bien sûr que je me souviens du corps de gosse frêle brusquement avalé par la lucarne…

Je m'en souviens comme si c'était hier.

Je croyais avoir enseveli tout ça sous la poussière des années et les soucis merdiques de tous les jours, et voilà que tout me revient en pleine gueule.

***

Ça fait une grosse semaine, huit jours en fait, que tout s'est déclenché. Et ça nous a conduits ici, dans ce train de chtarbés, au milieu de ces groupes de jeunes azimutés…

Cette putain de soirée reste gravée dans ma tête. D'ailleurs, une semaine, ce n'est pas très vieux... Et puis, si j'ai quelques kilos en trop, si je traîne la patte et si mon palpitant déconne parfois, je garde toujours une bonne mémoire. Alzheimer a dû m'oublier...

C'était il y a huit jours, le lundi soir. Il était près de sept heures et, au Beau Bar, tout le monde parlait de la future finale. Ils étaient tous sûrs d'y aller, à Munich. Des bouches... Moi, leurs certitudes me faisaient rigoler. Les mecs des bistrots sont toujours plus doués pour tchatcher que pour agir, et il faut voir les violes quand ils ont trois jaunets dans le museau ! Ils s'encagnaient comme c'est pas possible. Des véritables trompettes des Martigues !

Ils seraient tous à Munich, promis juré. Les uns iraient en train, les autres en avion et ceux qui n'avaient pas de place de stade – c'est-à-dire la majorité – se disaient prêts à se braquer les mille bornes à cinq dans une voiture pourave, via l'Italie, la Suisse et l'Autriche, pour respirer l'air bavarois dans l'espoir de resquiller des places là-bas.

Ils parlaient fort, roulaient les mécaniques, certains de leur affaire...

Les cons, ils n'avaient que ça comme souci...

Moi, ce qui me préoccupait, c'étaient mes rhumatismes de merde. J'avais mal de partout. À mon âge, c'est normal... Lorsque tu as fêté tes soixante berges, si tu ne te réveilles pas avec un million de douleurs, c'est que tu es mort !

Je me bourrais de cachets d'aspirine. Fort heureusement, les quelques 51 que je sirotais à la table du fond en lisant « Le Soir » décuplaient l'action sédative des médicaments. Tout ça pour vous dire que mes apéros quotidiens au Beau Bar, c'est une cure, en quelque sorte... Il y en a qui vont à Gréoux, aux Camoins ou à la Bourboule, moi je descends simplement au Beau Bar. L'inconvénient, c'est que les pataclets de Léon ne sont pas remboursés par la Sécu.

Je viens ici, dans ce bistrot, chaque soir depuis des années, des décennies même. Pour dire vrai, j'ai pris cette habitude bien avant d'être perclus de douleurs.

J'habite l'Estaque depuis le début des années cinquante, c'est dire !

Je dois vous avouer que je ne pouvais plus vivre dans le centre-ville. On avait bousillé mes rues, j'étais devenu un étranger dans une ville refaçonnée.

Lorsque je suis rentré à Marseille, après la guerre, j'ai bien tenté de récupérer un appart'dans le quartier qui allait être reconstruit, mais j'ai été rapidement dégoûté. Lors de l'enquête, on s'est rendu compte qu'il y avait plus de proprios que d'immeubles et que certaines baraques avaient miraculeusement grandi de deux ou trois étages ! Les uns présentaient des photos grossièrement truquées, les autres des factures datées de 1935 imprimées sur des machines de 1947, et il ne restait plus rien aux archives : « Les boches ont tout emporté » prétextaient des fonctionnaires faussement fatalistes. C'était magouille et compagnie ! Savez-vous que le commissaire enquêteur a dû travailler à partir de cartes postales ou de vieux films tournés avant la guerre dans le quartier ?

En se baladant sur le Vieux-Port, certains badaient devant les immeubles flambant neufs de Fernand Pouillon, moi, ça me laissait froid... Alors j'ai déniché une petite baraque dans la montée de la Sardine. C'était pratique, pas très loin de mon boulot – je m'étais fait embaucher comme docker, sur le port – et le va-et-vient des barquettes marseillaises, pleines de cagettes de sardines, me rappelait un peu les pêcheurs napolitains de mon enfance à Saint-Jean.

Je me suis immédiatement senti chez moi dans ce petit port. Ici, personne ne connaissait mon passé, j'étais en quelque sorte un immigré parmi d'autres immigrés : les Espagnols qui se rassemblaient place de Barcelone pour parler de leur république perdue, les Italiens dont on ne savait jamais trop s'ils avaient fui Mussolini ou la chute de Mussolini, les Arabes... Comme eux, j'étais neuf, je n'avais plus de passé. Les horreurs de l'hiver 43 étaient oubliées, mieux : elles ne faisaient plus partie de mon histoire, elles appartenaient à l'histoire d'un autre, un autre qui m'était étranger.

Pour tous, j'étais Bert, docker, vaguement communiste jusqu'en 68, un temps colleur d'affiches pour Billoux, amateur de pêche, buveur avéré et coureur de jupons invétéré.

J'avais besoin de picoler, de partir en mer seul, avec mes cannes et mes esches, sur mon mourre de pouar. J'avais également besoin de posséder des filles. Je dis bien posséder, pas aimer... L'amour, c'était autre chose, c'était une sensation qui appartenait à un passé oublié.

Car j'avais oublié l'amour comme on oublie l'odeur de l'encre violette des pupitres d'écolier, comme on oublie le parfum du lilas dès que l'été revient, comme on oublie le goût du civet lorsque la seule personne qui savait le cuisiner divinement va cueillir des cerises au paradis.

Je voulais posséder toutes les femmes, fébrilement, goulûment, mais sans jamais m'attacher. Surtout ne jamais m'attacher... J'ai pourtant failli replonger une fois, au début des années cinquante. J'en pinçais pour elle, je ne voyais qu'elle, et je me suis dit que tout pourrait être à nouveau possible. Et puis, elle m'a demandé de lui faire un niston. Une demande prématurée... Alors, le visage de Béa m'a ébloui et j'ai fui...

À l'Estaque, on m'a toujours pris pour un queutard, mais je m'en fous. Ils ne peuvent pas savoir, ils ne peuvent pas comprendre. L'amour, c'est un sentiment que j'avais abandonné à d'autres. Je vivais bien sans, à condition de pouvoir boire, pêcher et baiser à loisir.

Au fil des années, les femmes se sont faites de plus en plus rares, et ma jambe raide m'a condamné à vendre ma barque...

En fait, il ne me reste plus que le jaune...

Car, malgré les conseils avisés et bienveillants des toubibs, je n'ai pas arrêté le fly.

Mourir de ça ou d'autre chose...

Donc, pour en revenir à ce fameux lundi, ça braillait de plus en plus fort au comptoir. Alors Léon, qui devait en avoir marre des conversations des blaireaux qui savent tout et qui font tout mieux que les autres, a allumé la télé d'un geste nerveux et a augmenté le son.

— Pour les infos régionales ! a-t-il clamé.

Une pause dans les conversations (je devrais dire les hurlements).

Le bistrotier a ajouté :

— On va parler du match, les gars…

Tous les regards se sont braqués sur l'écran.

Effectivement, on a parlé du match. On a même parlé que de ça.

La ferveur de la ville… les déplacements des supporters… où réserver… comment y aller… la forme des joueurs… les pronostics des élus… Il y a même eu un reportage sur Munich, la ville qui allait accueillir les blancs pour la finale. Munich, le stade olympique bâti à l'occasion des JO sanglants de 72, les tavernes où la bière coule à flot, l'Isar qui coule, lui, dans des tons gris vert qui rappellent la tenue des touristes teutons des années quarante, un survol rapide de la ville avec ses quartiers aux noms imprononçables : Haidhausen, Isarvorstadt, Bogenhausen, Maxvorstatdt, Neuhausen, Moosach, Milbertshofen…

Et puis, tout à coup, ce fut comme si l'écran du poste de télé m'explosait en pleine poire lorsque le visage du salopard s'y est encadré.

Travelling avant. Gros plan sur les yeux d'un bleu acier. Des yeux que je n'avais pas oubliés. Des yeux légèrement bridés, un nez acéré comme un bec de rapace, des lèvres fines et cruelles.

J'ai eu tout à coup très froid.

Une onde glacée m'a parcouru le dos.

Je me suis retrouvé cinquante ans en arrière, sur le quai gelé de la gare d'Arenc, avec Lina et Béa serrées contre moi.

Mais Lina et Béa n'étaient plus contre moi.

Une douleur violente, analogue à celle qui m'avait conduit à l'hosto quelque temps plus tôt, m'a taraudé la cage thoracique...
Le regard de Horst avait la dureté de l'acier.

Arenc...
L'homme était sanglé dans un long manteau de cuir et même les militaires en uniforme feldgrau semblaient le craindre. Il ne parla pas, il a suffi d'un simple geste, d'un geste dérisoire, pour que ma vie bascule. Ils m'ont arraché Lina et Béa des bras et m'ont asséné un bon coup de crosse dans la mâchoire, histoire de me faire comprendre qui commandait.
Je n'ai jamais plus revu Lina et Béa.
J'ai vécu sans elles, orphelin d'elles. Au fil des années, l'indolence gomma peu à peu la souffrance...
Et tout à coup, un demi-siècle plus tard, il réapparaissait !
Voilà que cette crapule, ce connard, cet enculé, paradait.
Malgré le spasme douloureux qui vrillait mon corps, je me suis levé, mû par un surprenant ressort, et j'ai hurlé :
— Léon, la cassette !
Je dois vous expliquer que Léon a toujours une cassette fichée dans son magnétoscope, une cassette prête à enregistrer une retransmission, généralement une info régionale relative à une embrouille touchant un gars du quartier ou les matches de Coupe d'Europe de l'OM qu'il passe ensuite en boucle, pour que ceux qui étaient trop bourrés au moment du direct puissent quand même voir les buts de Boksic ou de Völler.
Léon a le réflexe rapide. Normal, il sert les pastis, mais il ne les boit pas, lui !
Il a activé aussitôt l'enregistrement.
L'interview a duré deux ou trois minutes, pas plus. Le salaud semblait jouer un rôle important à Munich. C'était une personnalité, un élu ou un dirigeant du Bayern, je n'ai pas bien compris. Faut dire que je n'ai pas écouté attentivement tout ce qu'il a dit, tant j'étais concentré sur son sale regard.
Dès que le journaleux est passé à la situation au Proche-Orient, j'ai récupéré la cassette en promettant à Léon de lui

ramener dès le lendemain. Ensuite, j'ai foncé au fond de la salle, vers la partie de rami.

Le Blond et Jo jouaient des haricots avec Biscottin, Roro, l'Endive et Riri-les-grosses-couilles. Il fallait absolument que je leur montre l'enregistrement et la tronche du boche.

Ils n'ont pas compris pourquoi j'interrompais leur « seul moment de plaisir de la journée » dixit Biscottin... Ils n'ont pas compris, mais ils m'ont suivi.

En fait, on s'est retrouvé chez Jo qui habite au-dessus du port, place de l'église, à côté de la baraque où Cézanne passait ses vacances en barbouillant quelques toiles qui valent aujourd'hui des milliards. En fait, l'important, c'était moins de visionner la cassette que de leur exposer à chaud l'idée qui venait de germer dans mon vieux crâne avachi.

Jo possédait un magnétoscope ultramoderne – normal, il est plein aux as – et sa bourgeoise était allée passer un moment chez sa sœur aux Chutes-Lavies. Elle en avait encore pour une bonne paire d'heures à médire sur une clique de cousins germains avec lesquels les deux sœurettes s'étaient fâchées pour une sombre histoire d'héritage.

— Chez moi, on sera tranquilles... Et puis, si tu dis que cela ne dure que trois minutes... lança Jo.

Du coin de l'œil, je les observais tous les deux.

Allaient-ils marcher dans ma combine ?

Jo sans doute.

Le Blond, ça paraissait plus délicat. Son train de vie casanier, sa timidité et son boulot de grouillot à la Préfecture l'avaient réduit peu à peu à une vie sans gros soucis mais sans désirs d'aventures. Il me faudrait aligner des arguments en béton pour le convaincre de devenir un assassin ou, au moins, un complice.

Faudrait que je lui parle de sa mère, par exemple...

Mais pour moi, c'était très délicat de parler d'Olga.

Et puis, il pigerait quoi à notre histoire ?

Robert
Train noir

— À toi, maintenant, Olga !

Olga afficha un sourire triste et tenta d'éviter mon regard.

— Non, je n'irai pas. Je ne pourrai jamais…

— Tu ne pourras jamais, ça veut dire quoi, ça ? Tu le sais qu'il a sauté, ton minot ?

Mon ton devint presque agressif. Elle baissa les yeux.

— C'est impossible, Robert… Hier, je me suis certainement foulé une cheville en descendant du camion, lorsque nous sommes arrivés aux Baumettes…

Elle a remonté un peu sa longue jupe et a dévoilé une cheville enflée et bleuie.

— Comment veux-tu que je regagne Marseille à pied, avec Miche ? Je serai un fardeau pour lui… Il se dépatouillera mieux tout seul… L'important, c'est que Miche au moins s'en tire. Il est débrouillard, tu sais… Et puis, il y a peut-être Yvon dans ce train, il faut que je le retrouve, tu comprends…

Yvon, je l'avais oublié celui-là !

À force de sentir la peau chaude de cette fille plaquée contre la mienne, à force de respirer le parfum enivrant de la brillantine qui transformait parfois sa chevelure blonde en soleil d'or, j'avais oublié qu'elle était marida. D'autant plus qu'elle paraissait rassurée et moins malheureuse lorsqu'elle se collait à moi… Je la devinais, elle aussi, étrangement troublée. C'était dingue, nous avions tous les deux l'esprit pris par d'autres, la pensée monopolisée par des absents, mais je sentais nos corps fébriles, inexplicablement envoûtés par ces contacts répétés alors que le monde s'écroulait autour de nous.

Une curieuse impression…

Normal que j'aie oublié Yvon dans ce contexte…

Elle avait dû percevoir ma contrariété, car c'est elle qui a repris ma main, l'a serrée avant de ramener cette étreinte sage contre sa jambe.

Je lui ai souri.

Qu'importait Yvon…J'adorais la chaleur de la cuisse d'Olga. Il s'agissait désormais de goûter chaque instant avec intensité. Comme si nous devions mourir demain.

Je me suis retourné vers le jeune maigrichon qui nous avait interpellés pour se tirer, lui aussi.

— Eh bien, alors, vas-y, toi ! Comment tu t'appelles ?

— L'Esquinade… On m'appelle l'Esquinade au quartier…

— Mais son vrai nom, c'est Barthélemy, ajouta le vieux qui ne l'avait pas quitté depuis le départ.

L'ado escalada mon dos, s'agrippa à la lucarne, puis se retourna vers Olga :

— Vous en faites pas, Madame, je vais vous le ramener à Marseille, votre niston… Rue de la Palud, chez Madame Martin… C'est bien ça, non ?

Elle hocha la tête en signe d'assentiment. J'ai ajouté :

— Fais gaffe aux poteaux. Faut sauter dans le bon sens, jeune !

Il fallait être bougrement mince pour passer à travers la lucarne. L'Esquinade a adressé une œillade au vieux qui l'accompagnait puis s'est faufilé comme une anguille avant de disparaître brusquement, comme Miche, comme si le souffle du train l'avait happé.

Le vieux cachait mal son émotion et Olga avait des larmes plein les mirettes.

Je l'ai serrée un peu plus fort contre moi.

Elle a sangloté…

Ses larmes chaudes mouillaient ma chemise.

Curieuse bonne femme !

Georges

Train bleu

Les mots croisés...

Tu parles si j'ai le cœur à faire les mots croisés !

Mais ça me permet d'occuper mon esprit, d'éviter de croiser les regards de Miche et de Bert, d'éviter surtout de ruminer avec eux les événements de janvier 43. Depuis une semaine, j'ai l'impression qu'on ne pense plus qu'à ça, et eux semblent se complaire à ressasser leurs souvenirs de cette période...

Et puis, cette histoire du train noir est leur histoire, pas la mienne. Ils ont des souvenirs qui ne sont qu'à eux, des souvenirs nourris de haine, de douleur et de visages.

Moi, je n'étais pas avec eux, mais mon père et ma mère, si.

D'ailleurs, vous avez sans doute pigé que c'est quand même pour cela, par une sorte de devoir de mémoire envers mes parents, que j'ai répondu présent lorsque Bert a lancé son idée.

Je n'ai pas compris l'effervescence dans laquelle Bert se trouvait lorsqu'il est venu interrompre notre partie de rami. Il était excité comme une puce. Ce n'est pas qu'une partie de rami au Beau Bar soit sacrée, voire importante, mais c'est un moment de quiétude qu'on ne perturbe pas. RoRo, lui, a même fait remarquer que ce n'était pas très bon pour son cœur de s'emballer comme ça.

Je n'ai rien compris, mais j'ai accepté de les emmener tous les deux chez moi, jusqu'à la place de l'église, pour visionner cette satanée cassette.

Roselyne – c'est le prénom de mon épouse – était allée rendre visite à sa sœur aux Chutes-Lavies, et je savais que nous serions tranquilles.

Bert et Miche se sont calés au fond de mon divan tandis que je jouais avec la télécommande.

Lorsque la tête du gars, en gros plan, s'est encadrée dans l'écran, Bert a grogné simplement « enculé... » et Miche, à ses côtés, est resté sans voix, comme tétanisé. L'identité du quidam s'est affichée au bas de l'écran. Un certain Horst Verfolger... Moi, cela ne me disait rien. Le Verfolger en question était présenté dans le reportage comme une sommité munichoise, un élu soucieux du bonheur de ses administrés et de la généralisation de la pratique sportive, même s'il n'avait guère le look qui collait avec ces idées généreuses... L'homme accusait un certain âge et s'exprimait avec une froideur certaine. Il évoqua le Bayern de Munich, le stade olympique et le futur accueil que sa cité réserverait aux Marseillais et aux supporters. C'était hyper carré, clean, allemand quoi...

Le reportage était rapide, trois minutes tout au plus. À l'invitation de Bert, j'ai rembobiné la cassette et leur ai resservi un second passage.

— Putain, c'est lui. Sûr que c'est lui, a réussi à murmurer Miche qui avait enfin retrouvé la parole.

— L'enculé, a répondu laconiquement Bert.

Quant à moi, je suis resté planté près de l'écran, comme un stàssi. Je n'y comprenais rien à cette histoire !

Horst Verfolger...

Qui était-ce ?

Alors Bert m'a raconté le détail des rafles de janvier 43, sans oublier d'évoquer mes parents qui avaient fait le voyage avec lui, leur embarquement dans le matin gelé d'Arenc, le camp de Compiègne...

Mes parents sont morts en déportation, loin de ce soleil de la Méditerranée qu'ils vénéraient, dans l'hiver sinistre d'un coin humide de Pologne.

Moi, à l'époque, j'ai eu plus de chance.

J'ai réussi à m'en sortir sans trop de mal, grâce à un peu de fric et quelques astuces…

J'ai eu plus de chance, c'est vrai, mais ce n'est pas pour cela que je les ai oubliés, ce n'est pas pour cela que je vais brandir un joker pour passer mon tour au moment de rendre la justice !

Georges

1er février 1943

Je me faufile sans difficulté dans la foule amassée quai de Rive-Neuve.

Lorsqu'il s'agit de mater, elle est toujours là, la foule grouillante, l'uniforme masse sombre et vaguement menaçante de manteaux d'hiver dissimulant sous les larges bords des feutres noirs les regards inquiets ou satisfaits, les lamentations ou les imprécations. Ils puent la laine, la sueur et la naphtaline, les voyeurs du matin marseillais.

Voir…

J'exagère sans doute. Sans doute ne sont-ils pas tous voyeurs, car certains ont les yeux rougis.

C'est moins l'air glacé qui gifle les visages que les souvenirs qu'on va ensevelir qui donnent des mines d'enterrement à certains d'entre eux. On va sacrifier cette ville – leur ville – sur l'autel de la bienséance et de la salubrité publique. Marseille est, une fois de plus, une fois encore, victime de sa réputation, de sa mauvaise réputation.

Dès que la rumeur a prédit avec insistance la destruction imminente des vieux quartiers, la foule s'est rassemblée, compacte et bruissante de l'autre côté du port. La rumeur infecte la ville depuis plus de trois ans. La rumeur purulente – à laquelle on attribue souvent n'importe quoi – semble ici se confirmer. Si les troupes allemandes sillonnent les ruelles désertées depuis une semaine, ce n'est pas uniquement pour se dégourdir les jambes !

Je traîne sur le port depuis le lever du jour. J'ai vu les soldats investir les venelles situées à l'extrême sud de la colline des Accoules. « Ce sont des hommes du bataillon du Génie de la 328e division d'infanterie » m'a affirmé d'un ton péremptoire un cafetier qui a l'air de s'y connaître. Les silhouettes casquées hantent ces rues jadis foisonnantes de vie mais désormais tristounettes, ces rues aux effluves méditerranéennes abandonnées par leurs marlous, leurs matelots, leurs putes, leurs militaires en vadrouille, leurs mammas, leurs gosses dépenaillés, leurs pêcheurs et leurs partisanes. Tout cela, tous ceux-là, constituaient mon monde, mon monde à moi !

Sur les quais, des boches poussent de grands fûts. De la dynamite. La légère poussière jaune qui s'en échappe ne peut pas tromper ceux qui travaillaient dans les carrières des alentours.

« Y vont tout faire péter ! ».

L'affirmation court sur le pavé et conforte la sale rumeur.

Oui, les vieux quartiers vont sauter !

J'ai aperçu les pionniers du Génie de la Wehrmacht déposer de la cheddite au pied de chaque maison, puis relier les charges avec du cordon détonnant. Il flottait dans le quartier abandonné depuis une semaine des odeurs écœurantes d'épiceries vides, de fruits avariés, de légumes gâtés, de poissons décomposés, de pain noir moisi, de fromages putréfiés.

J'ai dû me tirer, abandonner mon quartier aux dynamiteurs casqués, me réfugier quai de Rive Neuve, de l'autre côté du port, avec les mateurs.

Après m'avoir volé mes parents, ils vont me voler ma maison, mon enfance…

À 11 h 30, c'est le silence total.

Marseille se tait.

Marseille la rebelle est matée.

Marseille, genou à terre, offre sa nuque aux vainqueurs.

Sur le quai des Belges, au débouché de la Canebière, les badauds affluent également. Ils sont retenus par le cordon de policiers français.

Du quai de Rive-Neuve, j'observe le va-et-vient des frisés. Mes voisins aussi, et pas toujours avec commisération. Auprès de moi, des bourgeois bien mis – des « moussus », comme on dit à Marseille – semblent ravis de voir disparaître ce quartier mal famé, ce lieu de débauche si souvent décrié. « Une porcherie pareille n'a pas sa place dans une France nouvelle » plastronne un tartuffe des quartiers sud que je croisais parfois, rue Ventomagy, lorsqu'il allait s'encanailler chez Aline.

Le Vieux-Port est une arène. Comme jadis dans Rome, on pointe le pouce vers le haut ou vers le bas…

Ici, c'est quand même le bas qui domine.

Mort aux pauvres !

J'en vomirais.

Si je suis rentré, ce n'est pas pour voir détruire ce quartier qui a vu courir ma jeunesse, « mon » quartier, mais bien pour Gildo.

Je me suis débrouillé pour prendre le deuxième train en provenance de Fréjus, le 29 janvier, afin de revenir ici, récupérer mon chat oublié le dimanche de la rafle, et partir loin, très loin – au moins jusqu'aux Martigues – afin de fuir ces boches et leurs valets français, ces flics dont la seule ambition semble être d'enfourner les pauvres gars, dans des trains pourris qui partent Dieu sait où…

Partir loin…

Facile à dire, mais pas si évident que ça…

J'aimerais bien, auparavant, retrouver la trace de ma mère et mon père et les entraîner avec moi, loin d'ici.

Mais comment ?

Mais où ?

***

Le dimanche 23 janvier, les Allemands se sont esquivés juste après le départ du long train noir du matin, celui qui m'a volé mes parents. La disparition de ce convoi qui s'enfonçait dans la nuit, vers le nord, n'a pas dissipé l'activité de la gare d'Arenc.

Bien au contraire.

Un va-et-vient continuel de tramways anima tout le dimanche. Les rotations étaient très courtes, du Vieux-Port à Arenc. On vidait les chargements humains sur les quais de cette gare de marchandises sale et froide, avant de retourner en hâte vers le quai du Maréchal Pétain où une nouvelle cargaison attendait…

Et pas question de traîner en route, de s'arrêter dans un bistrot de la Joliette pour boire un coup : il y avait plus de vingt mille personnes à évacuer !

Certains, parmi les policiers français, aidaient les familles stupéfaites à débarquer. À la descente des tramways, l'incompréhension et l'inquiétude se lisaient dans les regards hagards de ceux qu'on avait tirés du lit au petit matin, qu'on avait rassemblés sur le quai avant de les consigner dans cette gare sinistre.

Avec ma valise minable, je me suis retrouvé près des convois, tandis que des employés des chemins de fer accrochaient bruyamment les wagons. J'en aurais chialé. Je n'avais que treize ans et on allait m'emmener Dieu sait où. Jamais mon père et ma mère ne m'avaient autant manqué…

Tout près de là, la forêt des grues du port et les cargos immobiles rappelaient que cette ville avait été sillonnée jadis par toutes les aventures coloniales, qu'elle avait été le carrefour des rêves les plus fous.

Le premier train à destination de Fréjus – le mien – partit longtemps après le long train noir du petit matin. Il fallait bien laisser du temps aux volontaires du SOL pour préparer le camp de Caïs qui devait nous accueillir…

Il régnait à Fréjus un froid glacial – qui contrastait avec l'idée que je m'étais faite de la côte d'azur – et nous n'avions que de la paille souillée pour dormir. Bien sûr, les journaux locaux des

7 et 8 février vantèrent plus tard la chaleur de l'accueil et la qualité des repas, mais ils ne rapportèrent jamais la remarque dépitée du commandant du camp : « J'attendais la racaille et je ne vois que des vieillards, des femmes et des enfants ».

La racaille, un terme toujours facile à utiliser pour justifier les saloperies… Car sur les quarante mille Marseillais contrôlés, si six mille furent arrêtés et quatre mille libérés presque immédiatement, trente seulement furent écroués. Le fameux « repaire de bandits internationaux » dixit Oberg se réduisait à trente malfrats ! Mais entre-temps, on avait bien rempli les trains vers les camps de la mort…

J'ai erré comme une âme en peine dans le camp de Fréjus, sans nouvelles de mes parents, jusqu'au jour où les Allemands ont investi Caïs.

Alors, il y eut de nouveaux contrôles, de nouveaux tris, et enfin une nouvelle rumeur : « On rentre tous à Marseille ! »

Le premier convoi quitta Fréjus le 29 janvier, à 6 heures du matin. J'avais suffisamment discuté avec les uns et les autres, suffisamment traîné à droite et à gauche pour savoir que ce convoi ne s'arrêterait pas à Marseille. Sa destination était l'Allemagne ou la Pologne. « Un mauvais convoi… » m'avait confié laconiquement un des gardiens du camp.

Lorsque j'ai appris que je figurais sur la liste des occupants de ce train, je n'ai eu qu'une seule idée en tête : éviter ce voyage à tout prix. Et j'y ai mis le prix ! J'ai laissé une bonne partie de l'argent que j'avais récupéré à l'appartement familial le dimanche de l'évacuation entre les mains du responsable du convoi avec lequel je m'étais lié. Il a barré mon nom et l'a remplacé par celui d'un inconnu.

Un pauvre gars a certainement pris ma place dans le train de la mort…

La vie ne dépendait-elle que d'un trait de plume ?

J'ai, en fait, très peu pensé à lui…

C'était chacun pour soi, vous comprenez ?

Les autres trains qui quittèrent Fréjus ce jour-là ramenèrent les expulsés du Vieux-Port dans leur ville. Lorsque Arenc était annoncé, tous se pressaient contre les portes coulissantes, avides d'inspirer un peu de cet air marin et froid de l'hiver marseillais.

Mon train me conduisit donc à Arenc.

Dans la nuit qui assombrissait la ville, les bâtiments trapus de la gare me parurent toujours aussi lugubres, les silhouettes des grues et des immenses cargos prenaient des allures vaguement menaçantes.

Marseille n'était plus la ville accueillante que j'avais connue ou imaginée, mais je m'en fichais. J'étais là... J'étais vivant. Je n'avais qu'une hâte : redescendre à pas pressés vers les vieux quartiers, vers un univers familier.

J'ai contourné la gare, longé les bassins de radoub, retrouvé la place de la Joliette, avant de me diriger vers la cathédrale massive de la Major et l'inextricable quartier du Panier où je savais trouver de l'aide.

Ce dimanche-là, les convois débarquèrent à Arenc des flots de Marseillais qui n'intéressaient pas les boches et qui durent se débrouiller pour trouver un hébergement, dans la famille ou chez des amis. Il n'était plus question, pour eux, de regagner leurs appartements du Vieux-Port, c'est tout juste si certains purent, sous réserve de disposer d'un sauf-conduit, aller y récupérer quelques affaires.

Le Vieux-Port, leur quartier, était condamné...

Malgré mes efforts, je n'ai jamais retrouvé Gildo.

En ces temps troublés où l'on torturait tous les jours dans les caves de la Gestapo du 425, rue Paradis, où les civils payaient un tribut encore plus lourd que les militaires, où l'horreur était devenue routinière, je m'inquiétais... pour un chat ! Un chat de gouttière au caractère certes noble – comme tous les chats du monde – mais d'un égoïsme colossal. Gildo vivait sa vie. Dieu sait où...

J'avais pourtant réussi à m'infiltrer dans les rues désormais interdites.

Au prix de mille précautions – les patrouilles sillonnaient le quartier bouclé jour et nuit – j'étais parvenu à grimper quatre à quatre l'escalier menant chez moi.

Les portes étaient grandes ouvertes.

Gildo n'était plus là, et tous les logements de l'immeuble avaient été pillés. J'ai appris un peu plus tard que les laissez-passer avaient été distribués assez largement, souvent en dépit du bon sens, et que certains en avaient abondamment profité. De petits truands au mieux avec l'occupant, avaient vidé les boutiques et les appartements. Ils avaient emporté les portes et les fenêtres. Ils avaient arraché les tuyaux de plomb, les fils électriques, les ferronneries des balcons, les rampes d'escaliers…

Comme dit le proverbe : le malheur des uns…

***

Les pionniers du Génie se retirent à l'écart de la zone minée.

Dans le silence oppressant qui étrangle le Vieux Port, quelques cris vulgaires de gabians répondent aux miaulements désespérés des chats errant dans leur quartier déserté par les hommes. Des hordes de chats squattent depuis quelques jours les maisons abandonnées. Sans doute, ce bougre de Gildo les a-t-il rejoints…

Les chats s'attachent aux maisons, pas aux hommes.

D'ailleurs, les hommes valent-ils vraiment qu'on s'attache à eux ?

À midi, le son du clairon déchire le mutisme de Marseille, ville désormais résignée et offerte à la vindicte des donneurs de leçons, et va résonner sur les bâtisses mortes.

C'est le signal.

Un officier allemand gicle d'une ruelle proche du pont transbordeur avant de disparaître un court instant dans l'obscurité d'une porte cochère du quartier condamné.

Le quai est désert, un chat miaule à nouveau…

Quai de Rive-Neuve, on retient son souffle. Je sens qu'autour de moi, on aurait bien aimé emmener et pointer son Kodak vers la mairie. Les voyeurs vont vivre des instants historiques dont ils reparleront dans dix, vingt ou cinquante ans… Mais, manque de bol pour eux, les photos sont proscrites depuis quinze jours.

L'interdiction de photographier le Vieux Port et le littoral portuaire a été diffusée dès le 16 janvier: « *Il est interdit de photographier ou d'être porteur d'un appareil photographique, de dessiner, de peindre, ou de procéder à toute autre forme de représentation dans toute l'étendue du domaine du port de Marseille, à l'intérieur du périmètre défini comme suit: boulevard Charles-Livon, Transbordeur, esplanade de la Tourette, boulevard de la major, boulevard Maritime, boulevard de Paris, rue d'Anthoine, rue Cazemajou, chemin de la Madrague, traverse Santi, chemin du Littoral, plage de l'Estaque, port de la Lave et rues bordant ces emplacements. Les contrevenants seront punis conformément aux lois de la guerre* ».

Et les lois de la guerre n'ont rien d'une rigolade…

Pas de photos donc. Car il est important, pour les boches, que les seuls documents illustrés relatant l'opération soient ceux de la Propaganda Kompanie[4]. Treize photographes spécialisés de la PK ont d'ailleurs été envoyés à Marseille dès le 11 novembre 1942. Il s'agit de montrer au peuple allemand, à travers leurs objectifs, la réalité de l'hégémonie du Reich en Europe et la puissance victorieuse de la Wehrmacht, mais également de fustiger la médiocrité des peuples soumis. Cela permet de dédramatiser, par la même occasion, les exactions des occupants et des collabos.

Depuis deux mois et demi, j'ai remarqué ces photographes blondinets à l'affût de tout ce qui pourrait concrétiser le crétinisme et la roublardise des Marseillais: un chapeau de travers, un teint basané, une grimace, une ruelle sale, un gosse en guenilles, semblent suffire à leur bonheur…

L'argentique prouvera à tous que, à mille lieues de la supériorité de la race des seigneurs, Marseille la métèque est bel et bien un repaire de criminels…

4) Compagnie de propagande de la Wehrmacht.

Et les repaires de criminels, ça se nettoie ![5]
Tous les regards se concentrent sur le quai du port.
On se tait.
Je retiens mon souffle.
Soudain, une formidable détonation ébranle la ville.
Je jette un coup d'œil au cadran de ma montre.
Il est 12h15.
Marseille meurt…

5) Plus tard, on emploiera karchériser au lieu de nettoyer. Ah, qu'il est doux de goûter ces croustillantes évolutions qui font la richesse de notre belle langue française …

La tête
dans le train bleu,
Le cœur
dans le train noir…

Robert

Jo a posé « Le Soir » et ses loupes sur la couchette.

C'est la première fois qu'il me raconte avec autant de détails la destruction de mon quartier. Le Blond n'en perd pas une. Il devait sans doute tout ignorer de ces funestes opérations.

Nous ne sommes plus que trois vieux parlant du passé, Miche avec son air maladif que les années n'ont pas arrangé, Jo avec sa calvitie et son envie de pisser continuelle et moi, avec mon palpitant à la dérive, mes guibolles flageolantes et ma carcasse trop lourde à traîner. Trois vieux, trois futurs tueurs dont les pensées et les actes restent marqués par le souvenir des femmes. Bien sûr, elles ne sont pas là, elles ne sont plus là, avec nous, mais leurs silhouettes hantent nos vies depuis un demi-siècle et semblent guider nos actes.

Georges pense sans cesse à Irène, Miche à Olga et moi, même si je m'en cache, à Lina et Béa. Et à Olga aussi…

On a beau jouer les macs, on a beau rouler les mécaniques, ce sont toujours les femmes – ou leur souvenir – qui façonnent nos dérisoires existences… On a beau se lancer à corps perdu dans des relations sans lendemain, pour oublier, il suffit d'une chanson, d'une lumière, d'une image pour que tout reflue.

Depuis qu'on échange nos souvenirs de cette triste fin de l'hiver 43, c'est un peu comme si chacun d'entre nous découvrait les pièces du puzzle qui lui manquent pour reconstituer sa propre histoire.

Jo ne savait rien du périple du train noir et du camp de Compiègne et nous, nous ignorions les détails de la destruction des vieux quartiers.

Jo connaît maintenant le rôle sinistre de Horst. Nous lui avons suffisamment expliqué l'influence du boche lorsque nous avons visionné la cassette. Pourquoi la résurgence de ces vieilles histoires a-t-elle réveillé à ce point notre haine et notre désir de vengeance ?

Horst était-il coupable ou suivait-il à la lettre les ordres de ses supérieurs ?

À vrai dire, je m'en fous.

Je m'en fous, parce que j'en ai marre d'entendre, comme rabâché par l'écho, le leitmotiv des circonstances atténuantes : « Responsable, mais pas coupable… ».

En poussant ce raisonnement à l'extrême, il n'y aurait eu qu'un coupable, le bon tonton Adolf, et les autres n'auraient été que des exécutants, de scrupuleux fonctionnaires accomplissant de basses besognes en les ignorant.

OK, tonton Adolf a mis en place le décor et le scénario, mais tous les acteurs ne sont pas exempts de reproches. Ils étaient combien, ceux qui comme Horst ont laissé libre cours à leur sadisme, à leur cruauté, à leur barbarie ?

Horst et les autres étaient-ils moins responsables que coupables ?

Qu'importe…

Pour une fois, je vais m'en payer un de ces fameux « responsables pas coupables » !

***

— Des flammes ont jailli des murs gris. Les immeubles, minés de l'intérieur, se sont effondrés dans un nuage de poussière blanche qui a envahi tout doucement le quai.

Ainsi, c'est comme ça que tout s'est passé... Mon estomac se noue. Une crampe tente de ratatiner mon corps. C'est un peu comme si j'assistais à la scène auprès de Jo.

Ma plus grande frustration, en revenant à Marseille à la fin de la guerre, fut de ne découvrir qu'un gigantesque chantier de démolition là où j'avais vécu les meilleurs moments de mon existence.

— Les cloches de Saint-Victor se sont mises à tinter. Le déplacement d'air les a mises en branle. Quelques rats ont fui vers la rive, tandis qu'une pluie de débris de bois et de pierre s'est abattue sur les quais et le plan d'eau.

Qu'était devenu Gildo dans cette apocalypse ? Jo n'en sait rien.

— En fait, l'explosion a détruit les bâtiments situés entre les rues Radeau et Saint-Laurent. Six immeubles se sont écroulés sous la première charge. L'église Saint-Laurent, l'église chère à l'abbé Cayol est restée intacte, mais la cathédrale de la Major a tremblé sur ses bases. Du quai de Rive-Neuve, on observait, ébahis, cet incroyable spectacle.

— Tu as pensé à quoi, alors ? demande le Blond.

— Alors, je me suis dit que bientôt, ce seraient ma rue, ma maison, mon enfance en quelque sorte, qui disparaîtraient sous les gravats. Et puis, je me suis demandé ce que mon père et ma mère étaient devenus. Etaient-ils toujours vivants ? Avaient-ils déjà disparu comme les maisons de la rue Radeau ?

Je crois bon de préciser :

— Ils étaient toujours vivants, Jo. Ils étaient avec moi, à Compiègne...

On ne savait pas encore que la « représentation » allait durer jusqu'au 19 février, que Marseille allait vivre, vingt jours durant, immergée dans de lourds nuages de fumées et de poussières qui ne s'estomperaient que pour dévoiler quatorze hectares de ruines sinistres, de sordides et larges percées jonchées de gravats.

Mille deux cents maisons furent ainsi abattues dans le fracas des explosions.

— Qu'est-ce qu'ils en pensaient, les Marseillais, ceux qui se pressaient près de toi, ceux. qui contemplaient leur ville amputée de son cœur ? S'inquiète le Blond.

Jo marque une courte pose, comme si la réponse demandait réflexion :

— J'ai retourné vers eux le regard interrogateur d'un gosse qui avait grandi trop vite et qui ne comprenait pas tout. Beaucoup étaient ravis que le quartier réservé soit abattu. On avait justifié la vaste opération purificatrice par le besoin d'éradiquer la recrudescence du banditisme qui y prospérait, la multiplication des mauvais garçons qui avaient su profiter des conditions diplomatiques et militaires propices. Mon père m'avait expliqué, avant d'être arrêté, que l'extension du marché noir et l'exploitation du désarroi des juifs pourchassés avaient ouvert de nouveaux horizons aux mafalous de tous acabits. Depuis l'envahissement de la zone sud, les entrepôts officiels approvisionnaient les trafiquants, et la débauche menaçait l'armée d'occupation. Près de moi, un bourgeois en pardessus, a grogné, l'air satisfait : « Il était temps de réagir, Marseille s'est encore dégradée... ».

Marseille a toujours eu mauvaise réputation et ces maisons qu'on détruisait, ces ruelles louches, sombres et humides qui disparaissaient sous les décombres, expurgeraient la ville. On amputait cette cité, qui balançait un peu trop facilement entre la farce ensoleillée et la ténébreuse affaire, comme on tranche un membre gangrené afin de sauver le reste du corps.

Je connais les arguments du type « Ce quartier est pourri, ces maisons lépreuses sont une honte... », « Marseille est crade » qui précèdent la glorification des autres cités respectables de notre belle France. Alors, on vous cite, la bouche en cul-de-poule, Paris, Lyon, Bordeaux ou Nantes avec de l'accent pointu plein le propos.

Comment vous expliquer ?

Bien entendu, Marseille n'offre pas ces impeccables alignements d'immeubles bourgeois qui sont la fierté des quais de Bordeaux, Nantes, Paris ou Lyon.

Où Marseille la prospère, la porte de l'Orient, a-t-elle planqué son fric d'antan ?

Pour la plupart des voyeurs d'alors, silhouettes de pardessus et de chapeaux mous, l'amas de vieilles maisons insalubres qu'on assassinait était à l'image des voyous et des métèques du Vieux-Port, mais ils oubliaient, ces braves et bonnes gens, que le luxe des demeures enviées de Bordeaux ou de Nantes avait été bâti sur le trafic d'esclaves, que les aïeux de la bourgeoisie bien pensante, bien priante et donneuse de leçons de ces ports florissants n'étaient que des négriers, des marchands de chair noire...

Je précise :

— Il était de bon ton de cracher sur ce Vieux-Port, trop largement ouvert aux vents et aux soleils d'outre-mer. Connaissez-vous la charmante description qu'Henri Béraud, le prix Goncourt 1922, a donnée de Marseille ?

Ils me fixent avec des regards interrogateurs. Je poursuis, car je la connais par cœur.

— Je cite : « *Par toutes nos routes d'accès transformées en grands collecteurs, coule sur nos terres une tourbe de plus en plus grouillante, de plus en plus fétide. C'est l'immense flot de la crasse napolitaine, de la guenille levantine, des tristes puanteurs slaves, de l'affreuse misère andalouse, de la semence d'Abraham et du bitume de Judée* ».

Béraud écrivait ça dans la «Gerbe», et c'était vraiment à gerber !

Jo reprend :

— Je peux vous assurer que les idées de Béraud étaient largement reprises à tous les niveaux, à Vichy ou à Berlin. Et aussi à Marseille, dans la rue : « Il est vraiment temps qu'on bâtisse quelque chose de propre à la place de cette saloperie... ». La réflexion d'un autre de mes voisins – celui qui allait tirer son coup chez Aline deux fois par mois – ne faisait que reprendre ce qu'on nous ressassait depuis des lustres et que l'arrivée des Allemands à Marseille avait précipité : il fallait reconstruire.

— Et pour reconstruire, il fallait d'abord casser.

— Logique, non ? On répétait bêtement une leçon cent fois rabâchée.

Moins d'un an auparavant, le 15 mai 1942, l'imprimerie municipale avait édité une brochure intitulée « *Marseille sera demain une ville moderne* ». Une ville moderne... C'est-à-dire une ville qui offrira une autre image, une image acceptable...

La séance du conseil municipal du 16 décembre 1940 adopta ce souhait et en confia l'exécution à Eugène Beaudoin, architecte en chef de palais nationaux et grand prix de Rome. L'esquisse du projet fut approuvée et financée par la loi du 30 mai 41, sur fond sonore de violons : « *Dans cette France, à laquelle la main ferme et patiente du maréchal Pétain donne une forme nouvelle, l'heure est venue de remodeler Marseille à l'image de son destin... Marseille demeurera Marseille et conservera son caractère si original. Sur le Vieux-Port, les yeux amoureux du passé retrouveront le vieil hôtel de ville dégagé de sa gangue d'îlots lépreux et les bâtiments municipaux reconstruits sur un nouvel alignement, selon une ordonnance canon classique. Ils reverront les célèbres demeures historiques d'autrefois, la maison diamantée ou celle de la Cabre, conservées avec soin, mais dans un quartier rénové et aéré. Ils bénéficieront de l'incomparable vision du miroir d'eau du Lacydon, de Rive-Neuve avec ses grandes maisons ensoleillées et leurs jardins, de l'abbaye de Saint-Victor dégagée, elle aussi, et de la colline sacrée couronnée de la Vierge d'or* ».

Le plan était établi.

Restait sa mise en oeuvre.

L'inauguration officielle eut lieu le premier février 1942, sous la présidence de François Lehideux, le secrétaire d'Etat à la production industrielle et à l'équipement national.

Dans la France remodelée par Pétain, l'heure était venue de reformater Marseille.

On allait casser pour mieux reconstruire.

C'était cradingue, ce serait superbe.

Toujours les violons...

— J'observais les Marseillais que la presse locale, la presse vendue aux boches, scindait un peu hâtivement entre conservateurs – ceux qui refusaient tout modernisme et qui étaient attachés à ces ruelles sales et humides – et progressistes – ceux qui souhaitaient une ville propre et fière à l'image de la France du Maréchal. Je me suis rendu compte, bien plus tard, que l'opinion des boches était quelque peu différente. Elle mettait tous les habitants de cette cité pestiférée dans le même sac !

Le Blond semble découvrir un monde inconnu, un monde parallèle. Le manque de formation politique, sans doute…

— Tu as découvert ça comment ?

— Tout simplement en consultant un numéro de « Signal » paru quelques jours plus tard. La revue exposait le bienfait du dynamitage : *« En voyant s'écrouler leurs maisons, les habitants se transfigurent : les brebis galeuses deviennent des agneaux »*.

Je relève :

— «Signal» n'avait pas tort pour les collabos. Ils étaient vraiment des brebis galeuses…

Jo termine son récit :

— Vous savez, moi, je sortais à peine de l'enfance et je me fichais des opinions et des certitudes des uns et des autres, je ne comprenais pas tout, mais je sentais bien que c'était un monde qui s'effondrait.

Bien entendu, c'étaient plus que des maisons, plus qu'un quartier, qui s'affaissaient, auréolant le Vieux-Port d'un insupportable nuage de poussière gris et irritant. Je me souviens de quelques vers que j'aimais répéter à Lina lorsque celle-ci tempêtait contre l'insouciance et le laisser-aller des Marseillais.

« Parti de Barcelone ou bien de Mogador,
Le voilier, plein de chants et de senteurs amères,
Fin, comme celui de Bernardin de saint Pierre,
A traversé le golfe et s'amarre au Vieux-Port.
La cargaison débarque aux corbeilles pesantes
Pêches charnelles, melons ruisselants, raisins
Que les filles mêlaient aux pointes de leurs seins
S'écroulent dans l'été de la rue odorante. »

C'étaient un poème de Brauquier dont j'ai oublié le titre, un poème sur Marseille, port d'exubérance.

Lina répondait simplement par un « Robert, arrête... Ta poésie cache la misère ».

Non, ce n'étaient pas seulement ces pâtés de maisons de la rue Radeau qui s'effondraient ce premier février 43, victimes de la dynamite des Teutons, c'était bien Marseille et ses deux mille six cents ans d'Histoire qu'on ensevelissait sous les gravats.

Les vaincus n'ont pas besoin d'avoir une histoire, les vainqueurs leur imposent toujours la leur.

Michel

Le train bleu longe le Rhône. Ici le torrent impétueux venu des Alpes est devenu un fleuve large au débit tranquille mais relativement inquiétant car ses eaux se sont brusquement assombries dès que le soleil a disparu derrière les monts d'Ardèche.

Avec Bert et Jo, nous restons assis dans le wagon, sur les couchettes du bas. Les jeunes – Fabien, Sandrine et Ludo – ne sont pas revenus. Ils vont sans doute passer une partie de la nuit avec leurs amis, dans la voiture numéro 5. Tant mieux !

— On sera plus tranquilles comme ça, note Bert qui paraît préoccupé.

À quoi peuvent-ils donc bien penser, Jo et lui ?

Bert ajoute :

— Ouais, ça sera pas plus mal…

Manifestement, nous avons besoin d'être ensemble, tous les trois, isolés, loin des autres, loin des bandes hurlantes qui beuglent pour la centième fois les mêmes chansons débiles. Pas évident de se concentrer dans ce convoi d'un millier d'excités qui crient, chantent et rient…

— Ça ne va quand même pas durer toute la nuit ? s'inquiète Jo.

Bert hausse les épaules.

— Tant qu'ils gueulent, ils nous foutent la paix !

Je ne sais plus trop si on a besoin de se concentrer ou, au contraire, d'évacuer nos inquiétudes.

Demain, nous tuerons pour la première fois – en tout cas, en ce qui me concerne, ce sera la première fois – et l'angoisse me noue la gorge.

Vous seriez comment, vous, la veille de votre premier meurtre ?

Moi qui ai toujours rêvé d'une vie tranquillette, je suis servi !

On a sans doute besoin de se persuader – et moi encore plus que les autres – que cet assassinat prémédité est juste.

Et je sens confusément que le parcours du train bleu, le même que celui du train noir de 1943, va nous aider pour cela.

***

Je dois vous avouer que lundi dernier, après avoir visionné la cassette de Bert chez Jo, j'étais sur le cul !

Le moment de stupeur passé, je me suis retourné vers Bert. Je devais être tout blanquinasse et j'ai eu du mal à articuler :

— Tu veux prouver quoi, Bert, avec ça ? Tu veux quoi, au juste ?

Il m'a répondu d'une voix atone :

— Tu le reconnais, pas vrai ?

Il était étonnamment calme. C'était surprenant après son affolade du Beau Bar.

J'ai répondu :

— Ouais, ça s'est passé aux Baumettes.

— Et moi à Arenc…

Jo ne pigeait pas grand-chose. Normal, il nous a toujours avoué avoir échappé à la rafle parce qu'il s'était planqué dans une armoire, sur le conseil de son père.

— Oh, les gars, dites-moi, de qui s'agit-il ?

Bert lui a expliqué le rôle du boche.

Horst semblait être partout, à Arenc, sur le Vieux-Port, aux Baumettes…

Il semblait n'apparaître que pour briser les familles, séparer les maris de leurs épouses, les parents de leurs enfants...

Il semblait ne vivre que pour bourrer les wagons de marchandises de pauvres gars comme nous, pour les expédier vers des pays glacés d'où personne ne revenait.

Jo n'avait jamais croisé Horst, mais il a vite pigé que c'est quand même à cause de cette saloperie de boche que ses parents avaient été fourgués comme du bétail dans le train parti un matin glacial de janvier. C'est bien à cause de lui qu'on les avait trimballés de Marseille à Compiègne, de Compiègne à Drancy, de Drancy en Pologne. C'est à cause de lui qu'ils avaient crevé tous les deux, comme des chiens...

Jo serra les mâchoires, avant de laisser échapper :

— Bert, Miche a raison : pourquoi tu nous as montré cela ? Tu dois bien avoir une idée derrière la tête. Laquelle ?

Bert s'est redressé et sa voix avait une curieuse sonorité lorsqu'il a répondu :

— On va le dessouder, les gars. On va le dessouder, cet enculé...

***

— Vé, Blond, c'est pas Viviers en face ?

Viviers, l'Ardèche...

— Ouais, Bert, t'as raison, je crois bien que c'est Viviers...

Avec Bert, nous sortons dans le couloir et fixons la masse vert sombre des montagnes d'Ardèche.

Jo est resté dans le compartiment. Il a repris «Le Soir», a sorti ses loupes de presbyte débutant et son stylo-bille. Il dit vouloir terminer ses mots croisés, mais je sens que c'est sans doute un prétexte pour nous laisser évoquer, tous les deux, notre passé.

Je reconnais la masse obscure des monts du Vivarais, sur la rive droite du Rhône.

— C'est à peu près ici, Bert, pas vrai ?

Bert répond sans me regarder.

— Je crois bien…

Son émotion est palpable.

Il est ailleurs.

Son souffle est court.

Il s'en souvient certainement comme si c'était hier.

Et moi donc !

Cinquante ans déjà…

Je me rappelle avoir fléchi légèrement les guibolles, histoire de prendre un peu d'élan avant de me détendre vers le vasistas et de me hisser par une traction des bras. La pression de mes godasses sur ses épaules ne l'a pas fait vaciller. Il a tenu bon.

Et moi, j'ai sauté.

***

Le déplacement d'air du convoi m'a aspiré. Faut dire que j'étais pas bien gras. Un vrai stoquefiche ! Je me suis envolé, avant de rouler dans le fossé. Je suis resté un moment à terre, groggy. Quand j'ai réussi à reprendre mes esprits, le convoi avait disparu en cahotant dans la brume du matin glacé. Il n'y eut, bientôt, plus que le clapotis léger du fleuve proche pour briser le silence obstiné de la nature.

De l'autre côté de la rive, les quelques maisons isolées dans les arbres effeuillés paraissaient abandonnées. Aucune lueur ne filtrait à travers les fenêtres.

Assis dans ce paysage vaguement menaçant, j'attendais ma mère. Elle avait dû sauter un peu plus loin, juste après moi. Mais elle était toujours si longue, ma mère… Mon père le répétait constamment : « Olga, tu n'es pas encore prête ? Nous serons en retard, une fois de plus ! ».

Mon père… Où était-il celui-là ?

Bientôt, j'entendis des bruits de pas et ça me détendit.

Elle était enfin là.

Elle approchait…

— Miche ? Oh, Miche ?

Ce n'était pas la voix de ma mère.

L'adolescent était longiligne, aussi gringalet que moi, mais certainement plus âgé. Ses cheveux frisés et sa peau mate lui donnaient un air vaguement italien.

— Putain, Miche, tu peux pas répondre quand je t'appelle ?

Il n'était peut-être pas italien, mais il était marseillais, c'était sûr, avec un accent pareil ! J'ai reconnu le garçon maigrichon du train, celui qui avait demandé à Robert de pouvoir sauter après moi.

L'ado s'est fendu d'un large sourire et m'a tendu la main :

— On m'appelle l'Esquinade. Mon vrai prénom, c'est Barthélemy, mais tout le monde m'appelle l'Esquinade...

Ça me faisait une belle jambe ! Je n'avais qu'un souci :

— T'as pas vu ma mère, elle a dû sauter juste après moi...

L'Esquinade prit un air gêné :

— Tu sais, minot, je crois pas que ta mère, elle ait sauté...

***

J'ai croisé le regard de Bert.

Inutile qu'il me parle de ça...

Sûr qu'il y pense lui aussi, à cet épisode de notre vie commune...

C'était ici, il y a cinquante ans. Ma mère m'avait incité à sauter alors qu'elle savait bien qu'elle-même en serait incapable. Elle avait sans doute compris que les passagers de ce train de merde ne reviendraient pas de ce satané voyage. Et puis, elle me connaissait bien. Malgré mon asthme et mon allure frêle, j'étais assez démerdard pour rentrer à Marseille et me présenter à la rue de la Palud, chez les Martin. Et une fois chez les Martin, elle savait que je serais sauvé. C'étaient des gens charitables, les Martin...

Elle s'était sacrifiée pour moi, ma mère...

Et moi, comme un con, je l'ai compris que bien plus tard. J'ai cru longtemps à un désistement au dernier moment, pire : à une dérobade. Je lui en ai même voulu, de m'avoir laissé seul, de m'avoir abandonné au bord d'une voie ferrée, moi qui avais tant besoin d 'elle. Je lui en voulais alors qu'elle m'avait sauvé, sciemment. Elle avait sans doute pris conscience qu'il n'y avait de la liberté que pour un de nous deux, que pour moi.

J'ai toujours du mal à penser à ça.

Un poids insupportable m'oppresse.

— Alors l'Esquinade t'a ramené à Marseille ?

La question de Bert me surprend pas. C'est tout juste s'il l'a chuchotée. Nous n'avons jamais trop évoqué, ni l'un ni l'autre, mon évasion dans le petit matin du dimanche 24 janvier 1943, mais il a suffi d'une seule question, « C'est à peu près ici, Bert ? », pour que tout resurgisse et que le souvenir, tel un torrent, submerge ma mémoire.

J'ai mis des années avant de pouvoir raconter mon retour à Marseille.

Le souvenir de ma mère, de son sacrifice, m'a longtemps oppressé et j'étais incapable d'en parler. Et puis, ça les regardait en quoi, les autres ?

Aujourd'hui, je peux enfin l'évoquer.

Grâce au flingue scotché à cinq mètres d'ici, sous la cloison des chiottes…

— Tu sais, Bert, à l'époque, j'avais onze ans. Un minot… J'étais un minot, démerdard, mais un minot. L'Esquinade avec ses quinze balais et son mètre soixante-cinq s'est imposé d'emblée comme un grand frère pour moi. Faut dire que j'étais seul au monde, ma mère m'avait abandonné et mon père était Dieu sait où… L'Esquinade avait deux idées en tête. Primo, me confier à la famille Martin qui habitait en haut de la rue de la Palud. Secundo, retrouver sa mère et sa sœur.

Bert tourne enfin sa tête vers moi.

— Elles étaient restées à Marseille ?

— Ouais… Toute la famille avait été raflée la nuit du 23 au 24 janvier 43. Son père, sa mère, sa sœur de huit ans et lui. Son père était auprès de lui, dans le train parti d'Arenc. Il était assez âgé et il a pas voulu suivre son fils lorsque celui-ci a sauté. Il te l'a même pas demandé… La mère et la sœur avaient été libérées à Arenc, car les enfants de moins de quinze ans devaient rester à Marseille.

— Pourtant, toi tu n'avais pas quinze ans à l'époque ?

— Ouais, je sais... Mais c'était une règle qui était suivie ou pas, selon le bon vouloir des flics qui nous filtraient à la gare... L'Esquinade a été embarqué avec son père, et c'est son pater qui lui a demandé de se barrer le plus tôt possible pour aider sa mère et sa sœur restées seules à Marseille. Son vieux lui avait affirmé qu'il les rejoindrait plus tard, dès qu'il pourrait s'évader. Il l'a persuadé qu'il trouverait bien un moyen pour ça. Il était pas question pour lui de sauter par le vasistas, il fallait être un vrai stoquefiche pour ça, il fallait être jeune aussi pour pas se briser les os en retombant...

Avec l'Esquinade, nous sommes descendus jusqu'à Marseille après avoir fauché deux vélos dans une ferme du Vaucluse. La famille Martin – c'étaient des amis de mon père – nous a accueillis tous les deux, le temps que l'Esquinade retrouve sa mère et sa sœur, puis m'a hébergé durant plusieurs mois.

Les Martin n'ont jamais réussi à avoir la moindre nouvelle de ma mère. Quant à mon père, un gars-bien-informé, comme il en existait tant à l'époque, leur a confié qu'il avait été soupçonné d'être un « terroriste ». Arrêté, on l'avait emmené au siège de la Gestapo. J'ai su, bien plus tard, que le 435 de la rue Paradis semblait avaler les Marseillais qui y étaient conduits. On perdait immédiatement la trace de la plupart de ceux qui passaient son portail.

C'est là-bas que mon père est mort, j'en suis sûr maintenant...

Les Martin ont toujours été corrects avec moi, mais j'étais pas leur fils et c'étaient pas mes parents... J'ai traîné mon adolescence comme une âme en peine, un peu solitaire, du côté d'un Vieux Port dévasté que je reconnaissais pas. J'étais devenu un étranger dans cette ville où j'étais né, avec, pour tout repère, le souvenir des visages de mon père et ma mère...

L'Esquinade, lui, a retrouvé sa mère et sa sœur sans trop de difficultés.

Je le rencontrais parfois en ville où il venait s'approvisionner au marché noir.

Ils s'étaient réfugiés tous les trois à la campagne, dans le cabanon d'un ami, du côté de la Rose. À l'époque, la Rose, c'était la campagne…

Et puis, une grosse année plus tard, vers le printemps 44, les boches et la milice se sont pointés chez eux. Ils avaient certainement été dénoncés… Ce jour-là, l'Esquinade était en vadrouille en ville, à la recherche d'un peu de bouffe.

Les boches ont emmené la mère et la sœur.

— Une fois de plus, l'Esquinade est passé au travers des mailles du filet ? demande Bert.

— Ouais, une fois de plus… Mais pas sa famille…

L'Esquinade a appris, après la guerre, que son père a fait partie du convoi numéro 53, celui qui a quitté Drancy le 25 mars 43 pour Sobibor, et que sa mère et sa sœur étaient passées par le siège de la Gestapo, au 425 rue Paradis, puis par Drancy, également, avant de disparaître à Auschwitz à la fin 44.

— Tu sais, Bert, j'avais treize ans et l'Esquinade dix-sept à la Libération. On avait tout perdu, nos maisons et nos familles. On avait tout perdu sans avoir vraiment compris pourquoi. Sans doute parce qu'on était trop jeunes à l'époque.

Bert me regarde d'une drôle de manière. Il avait tout perdu, lui aussi, mais peut-être avait-il compris pourquoi.

— Tu sais, Bert, y a un truc que j'ai pas pigé. Pourquoi il est pas venu avec nous, l'Esquinade ? Pourquoi il s'est dégonflé ? Il avait pourtant de bonnes raisons de faire le quatrième, non ?

C'est sûr qu'il avait de bonnes raisons de devenir tueur à soixante-cinq ans.

À peu de choses près, les mêmes que nous…

Robert

Je devine le Blond tout émotionné. Notre parcours le long du Rhône a dû réveiller de mauvais souvenirs. C'est sans doute une bonne chose, car ça ravive en lui cette envie de vengeance qui m'embrase depuis une grosse semaine et qui lui fait parfois défaut.

Pour aller jusqu'au bout de notre aventure, il faudra avoir un moral d'acier.

Horst…

Sûr qu'ils ne s'attendaient pas à ça, tous les deux, quand j'ai craché « On va le dessouder, les gars. On va le dessouder, cet enculé… ».

C'était chez Jo, le jour de la cassette.

Le Blond m'a fixé avec des yeux ronds hébétés. Le gros plan sur la tronche de Horst l'avait déjà passablement ébranlé et ma résolution l'a achevé ! C'est un brave gars, le Blond, mais c'est loin d'être un foudre de guerre. Je savais qu'il avait toujours voulu oublier le passé, effacer les images du train noir qui filait vers Compiègne, ce train de merde dans lequel on nous avait fourrés tous les deux à coups de pied au cul.

Il me faudra le motiver sans cesse, l'exciter, si on veut qu'il nous suive jusqu'au bout.

Je savais aussi ce qu'il fallait lui raconter pour ça…

Alors, je lui ai parlé de sa mère, d'Olga...

Il a toujours pensé – et il avait raison – qu'elle s'était sacrifiée afin qu'il survive. Elle lui a fait croire qu'elle le suivrait, qu'elle sauterait elle aussi par le vasistas du wagon à bestiaux pour qu'il trouve le courage de s'enfuir.

Lui parler de sa mère...

Je vous accorde que ce n'était pas très fair-play de ma part, mais j'étais certain que ce serait efficace. Et j'avais raison. Le Blond en a eu les yeux mouillés de larmes mais quand il s'est essuyé les paupières d'un revers de manche, il a dévoilé un regard dur.

J'ai su alors qu'il était OK pour l'expédition...

J'ai eu, paradoxalement, moins de difficulté avec Jo.

Horst était la cause directe de la mort de ses parents. Il a suffi que je lui décrive le périple de Simon et d'Irène, unis dans une même angoisse, accolés l'un à l'autre dans le wagon à bestiaux qui nous emmenait à Royallieu, pour qu'il se décide.

Ensuite, nous avons appelé l'Esquinade pour lui proposer de se joindre à nous. Il avait, lui aussi, quelques bonnes raisons d'en vouloir au boche. Il était dans le fameux convoi du 23 janvier 43 et il avait perdu toute sa famille à cause de Horst.

Je lui ai exposé mon plan. C'était hyper simple : on profitait du ouaille causé par le déplacement des vingt-cinq mille supporters marseillais déjantés pour se fondre dans l'anonymat de la foule hurlante qui allait submerger Munich, et flinguer le vieux saligaud at home.

L'Esquinade m'a écouté poliment, il a hésité un instant avant de s'esquiver par « Je peux pas me libérer maintenant pour vous rejoindre chez Jo. Je descendrai au bistrot demain matin, et on en discutera tranquillement ».

L'Esquinade est bien descendu chez Léon le lendemain. Il avait l'air assez embêté et m'a avancé mille bonnes raisons pour se débiner : « C'est trop tard... On n'a plus l'âge... Ça sert à rien de faire resurgir le passé... Il faut regarder devant, et pas derrière... ».

J'avoue que ça m'a un peu contrarié. Pourtant, notre discussion du mardi matin, au bistrot, n'a pas été totalement inutile. Grâce à Biscottin.

« Que vient faire Biscottin dans cette histoire ? » seriez-vous en droit de me demander.

En fait, le vieux – bon, c'est un terme peut-être exagéré lorsque celui qui l'emploie frise les quatre-vingts balais ! – était là lorsque j'ai rendu la cassette à Léon, lorsque je lui ai demandé de rediffuser les trois minutes qui m'intéressaient. Pour que l'Esquinade voit Horst, et que ça déclenche en lui un mouvement de révolte ou un désir de vengeance. L'Esquinade a regardé l'écran sans piper mot. J'ai bien vu que ses mâchoires se contractaient, mais il m'a fixé avant de ressortir une nouvelle série d'arguments :

— Vous croyez que c'est facile ? Vous croyez que nous avons l'âge de jouer à Steve Mc Queen ? Et puis, comment vous voulez le retrouver à Munich, ce mec ? Comment vous comptez l'approcher ?

— Putain, c'est vrai... On n'y a pas pensé... a ajouté le Blond, toujours prêt à monter en neige le moindre argument susceptible de nous faire renoncer.

— Moi, je sais.

Je me suis retourné. Biscottin avait écouté notre conversation. Il a toujours une oreille qui traîne, Biscottin, mais il savait quoi, lui ? Lui qui ne quitte jamais ses ridicules charentaises rouges et son shangaï qui doit dater de l'an pèbre, lui qui est resté toute sa vie, collé à l'Estaque comme une arapède à son rocher...

Il a compris mes doutes et s'est aussitôt justifié :

— Les gars, j'écoutais pas votre conversation, je sais pas de quoi vous voulez parler, ni ce que vous voulez faire. Mais si vous voulez retrouver l'adresse du schleu de la télé, je connais un gars qui pourrait sans doute vous la donner.

***

Le Rhône est un fleuve tranquille. Un chaland glisse sur les eaux brunes.

Le Blond reste muet à mes côtés. Sa détermination fléchit, j'en suis sûr. Il faudra sûrement que je lui reparle d'Olga.

D'Olga et moi, en fait.

Mais ça, je n'ai jamais pu…

Faut vous avouer que je n'aime pas évoquer cette satanée époque, même si nous l'avons souvent réveillée ces jours-ci. Avec le Blond, en plus, j'ai un problème… Par rapport à Olga.

Je ne pourrais jamais lui avouer ce que j'ai éprouvé pour sa mère. Ça ne servirait à rien. Et puis, tout ça est si loin maintenant…

— Bon, Bert, je vais m'asseoir un moment avec Jo…

Le Blond interrompt mes réflexions et me dispense, du même coup, de ces difficiles aveux. Mais peu importe, le principal est qu'il ait pigé qu'Olga s'est sacrifiée pour lui. Ça, il le sait bien. Il me l'a avoué, même s'il en a douté longtemps et c'est un motif suffisant pour justifier sa haine envers Horst…

Olga et moi…

Je souris.

Qu'est-ce qu'il pourrait bien y comprendre, à ce qu'il y a eu entre nous ?

Est-ce qu'on peut discuter sereinement de tout ça, un demi-siècle plus tard, dans un autre contexte ?

***

Miche, puis l'Esquinade ont sauté par le vasistas. Alors, une fois seule, sans son fils, elle s'est laissée aller. Elle a chialé comme une gosse.

Après avoir supporté des tensions aussi fortes, elle a ouvert en grand les écluses. Elle restait collée à moi. Je l'ai serrée plus fort, sans pudeur. J'adorais ce corps fiévreux, ce corps douloureux. Et elle, malgré son angoisse, ne semblait pas insensible à mon contact. Je percevais son infime frémissement. Je percevais ou j'imaginais, allez donc savoir…

En tout cas, la pression de mes mains calleuses paraissait la rassurer. Elle semblait éprouver une vague satisfaction à rester là, tout contre moi. Elle était loin de son fils et de son mari, loin de sa ville et de sa vie... Elle se laissait aller, dissimulant son visage humide dans mon épaule. Je l'effleurais doucement, du bout de mes doigts, comme un jeune adolescent maladroit et effaré par l'intensité de son premier amour.

Tout sombrait autour de nous, mais elle réveillait en moi des incendies et je me taisais, confus et honteux de ce bien-être fruste, alors que j'aurais souhaité ne penser qu'à Lina et Béa.

Je l'ai gardée ainsi, contre moi, jusqu'au terme du voyage.

Nous sommes arrivés à Royallieu le mardi 26 janvier. La plupart d'entre nous y sont restés deux mois. Deux mois, une éternité...

Le périple depuis Marseille avait été interminable, il avait duré près de quarante heures. Le froid, la faim, la peur, la soif, les arrêts incessants en rase campagne, nous avaient brisés.

Chacun avait vécu ces longues heures inconfortables dans son coin, en tête-à-tête avec son angoisse, sa souffrance et sa solitude. La présence d'Olga m'apportait un peu de lumière dans cet univers sordide.

Le long train noir avait quitté la gare d'Arenc aux premières heures du dimanche 24 janvier avec mille six cent quarante-deux personnes, dont sept cent quatre-vingt-deux juifs, français et étrangers. Le convoi transportait les mille trois cents détenus des Baumettes, il avait été complété par plus de trois cents autres personnes – dont Olga, Martoune, Irène, Simon et moi – raflées la nuit précédente.

Auprès de moi, Simon tentait de rassurer Irène, tandis que Martoune affichait le visage marmoréen et indifférent des statues qui peuplent les églises, comme si la vieillesse lui avait apporté le détachement de toutes choses.

Je serrais Olga contre moi. Nous étions tous les deux pétris d'inquiétude, liés par la chaleur des corps, mais opposés par nos préoccupations. Le sort de deux hommes l'angoissait, celui de deux femmes me minait.

Alors que je me ranimais contre elle, les sourires de Lina et Béa emplissaient mes pensées, et ceux de Miche et d'Yvon devaient hanter son esprit. C'était dingue ! Nous étions enlacés comme des amants étouffés par la certitude de l'impossibilité d'un bonheur prochain.

Son corps brûlant s'encastrait dans le mien. Souvent, je passais ma main dans ses cheveux blonds pour juguler un sanglot naissant. Nous n'aurions pas été plus proches si nous avions fait l'amour une après-midi entière dans la pleine lumière du soleil couchant du mois d'août, sur les roches plates d'une calanque marseillaise. Pourtant, autour de nous, la clarté aveuglante de l'été et les embruns de la Méditerranée qui éclaboussent les gosses bronzés et braillards, étaient loin, très loin. Ils appartenaient à un autre monde, un monde qu'on nous avait volé. Ils appartenaient à une autre planète…

Ici, il faisait froid et sombre, le soleil avait la noirceur de l'anthracite qui brûlait dans la chaudière de la locomotive.

Ici, on gémissait, puis on crevait dans des relents de vomissures, d'urine et de merde.

Lorsque le train noir est enfin arrivé à Compiègne, on s'est rués vers la sortie, butant sur des corps raidis. On avait hâte de fuir ces wagons puant la mort.

Les plus faibles, les plus vieux n'avaient pas survécu.

Nous autres, les survivants – c'était tout de même la grande majorité des mille six cent quarante-deux déportés – avons été accueillis par les chiens, les casques, les fusils et les baïonnettes.

L'ambiance de l'arrivée à Compiègne n'avait rien à envier à celle du départ d'Arenc !

— Zu Fünf ![6] hurla un soldat en pointant sa baïonnette vers les plus lents du groupe.

Le camp de Royallieu se trouvait à trois kilomètres de la gare, trois kilomètres que nous avons parcourus dans l'obscurité des rues glaciales, sous le regard lourd de nos convoyeurs.

Irène s'appuyait sur Simon. À mon bras, Olga claudiquait à cause de son entorse. Martoune nous emboîtait le pas, telle un automate.

6) Par cinq!

Malgré le froid mordant, malgré la menace des canons des fusils constamment braqués sur nous, cette marche nous a permis de nous défaire un peu de l'ankylose qui nous avait lentement paralysés au fil du voyage.

Derrière les volets clos de cette ville amorphe, j'imaginais les familles engoncées dans des bonheurs simples et sobres, les gestes dérisoires de tous les jours.

Alors, j'ai pensé à Lina et Béa.

J'ai eu un sale goût de craie dans la bouche, et j'ai serré un peu plus fort Olga contre moi.

Georges

Bert est resté debout dans le couloir, l'air rêveur. À quoi pense-t-il ? Je ne l'ai jamais vu ainsi. Mais reconnaissez donc que nous vivons tous les trois de bien étranges moments !

Miche s'est assis près de moi. Quant aux trois jeunes avec lesquels nous devions partager le compartiment, ils ne sont pas revenus.

J'ai noirci la grille des mots croisés – dans « Le Soir », ils sont assez faciles – et j'en profite pour feuilleter le canard avec, en fond sonore, les commentaires de Miche qui lit au-dessus de mon épaule.

Bien sûr, on parle du match de demain, on ne parle d'ailleurs presque que de cela, et je crois maintenant tout savoir sur le sujet : les compositions des équipes, la liste des personnalités qui feront le déplacement. Leur empressement à s'afficher dans la tribune présidentielle du stade olympique est amusant. Ou consternant. Cela dépend de quel point de vue on se place…

Car, ce ne sont pas tous des fanas de foot, les édiles locaux, mais il convient de se montrer dans les grandes occasions. Il faut que le petit peuple de Marseille, qui n'a souvent que son équipe pour rêver (et qui rêve d'autant plus fort qu'elle gagne), soit certain que les élus d'aujourd'hui – et ceux qui espèrent l'être un jour ou l'autre – partagent les mêmes passions !

Alors, demain, ils seront tous là, les politiciens marseillais, à faire les beaux. C'est tout juste s'ils n'enfileront pas leurs écharpes tricolores pour qu'on les repère plus vite dans le flot des VIP de la tribune présidentielle. Ils préféreront l'écharpe blanche et bleue des supporters qu'ils noueront autour du cou, façon populo, et ça ne leur ira vraiment pas... N'est pas peuple qui veut...

Et puis, ils fayoteront, caresseront Tapie dans le sens du poil, parce qu'être ou paraître copain avec Nanard, c'est l'assurance d'au moins dix pour cent de voix supplémentaires à la prochaine échéance électorale. Pourtant, avec leur amabilité feinte, leurs sourires ultrabrite et leurs tapes faussement amicales sur le dos de Nanard, ils savent bien, les bougres, qu'ils ne seront pas les derniers à le rouer de coups de pieds et à l'achever si jamais il tombe à terre !

Mais je fais sans doute preuve de mauvais esprit...

Il n'y a pas de raison que Nanard se casse la gueule.

Il n'y a pas de raison qu'ils l'achèvent à coups de pieds si, par malheur, cela se produisait...

Les neuf dixièmes du journal sont consacrés au match. Je me demande bien ce que pourraient raconter les journaleux marseillais si l'ohème n'existait pas ! Quelques infos générales tirées des dépêches de l'AFP nourrissent la page politique. Côté fait-divers, c'est un peu profil bas dans la presse régionale, si on excepte la page entière consacrée à l'invasion du rohypnol.

Vous connaissez le rohypnol ? Non ? Moi, non plus d'ailleurs. Heureusement que nous avons le canard et un pigiste qui n'a pas été réquisitionné par la finale pour tout nous expliquer...

En fait le reportage précise que les toxicos consomment sans modération – existe-t-il des toxicos modérés ? – quelques médicaments vendus en pharmacie. Après le joint et le LSD, voilà qu'on se shoote au néocodion ! Je ne me souviens pas d'avoir éprouvé une quelconque ivresse artificielle après m'être enfilé dans le rectum un suppositoire au néocodion destiné à guérir une sale toux enfantine... Donc, les jeunots, et sans doute les moins jeunes, sont maintenant accros au néocodion et au rohypnol, un truc que je connais moins, mais que le journaliste décrit comme un hypnotique utilisé pour combattre l'insomnie et l'anxiété. Les comprimés de rohypnol sont de couleur blanche, semblables à ceux d'aspirine. Dernier détail, et pas des moindres, le rohypnol est souvent qualifié de « drogue du viol », à cause de son caractère sédatif induisant des périodes d'amnésie totale lorsqu'il est consommé avec de l'alcool.

Le pigiste raconte qu'à Marseille un trafic d'une ampleur surprenante, avec ses grossistes et ses dealers, semble s'être mis en place. Ici on dérobe des ordonnances à des médecins, là on casse les pharmacies, ailleurs on pille les centres hospitaliers… On vend les comprimés sous le manteau en plein centre-ville. Plusieurs personnes ont déjà été arrêtées et le journal rend compte de la récente sentence du tribunal correctionnel : un an de prison ferme pour l'un, dix-huit mois pour l'autre.

Outre le foot et cette histoire de rohypnol, il n'y a qu'une info qui m'accroche vraiment dans ce canard presque entièrement dédié à la finale, un petit entrefilet de rien du tout qui évoque un futur projet de création d'un centre tertiaire méditerranéen du côté des entrepôts désaffectés et des quartiers populaires.

Une convention a été signée entre la Ville, le Département, la Région, la Chambre de commerce et d'industrie, le Port autonome et la SNCF et une mission d'étude sur la faisabilité du projet a été déclenchée à la fin de l'année dernière.

La mission d'études étudie, ce qui paraît logique…

L'article signale qu'il devrait en résulter quelques centaines de milliers de mètres carrés de planchers neufs et réhabilités, des bureaux, des appartements et des commerces, des logements refaits de fond en comble, la restructuration d'un vaste espace. Une bagatelle…

Un joli projet qui rendra notre ville enfin fréquentable.

— Ouais, je comprends pas que tu t'encagnes pour ça… On casse, mais pense un peu à ce qu'on va construire sur ces ruines… Des apparts super beaux, lance Miche qui a surpris mon froncement de sourcils.

— Des appartements qui attireront les cadres, c'est ça ?

— Sûr… C'est ce qui manque un peu à Marseille, non ? C'est mieux que la racaille, quand même ?

— Et les habitants actuels de ces quartiers, ils iront où ?

Miche ne répond pas.

Tout cela me rappelle de bien étranges et de bien sales souvenirs…

— Tu sais, Miche, le premier février 1943, lorsque j'ai su que tout mon quartier allait être détruit, je n'ai rien compris de prime abord. Et tous ces petits bourgeois qui applaudissaient cette opération de nettoyage n'avaient rien compris non plus. Ils étaient parasités par la propagande qui répétait depuis deux mois et demi qu'il fallait nettoyer la ville. C'est plus tard qu'on m'a raconté. C'est plus tard que j'ai su…

Il me regarde d'un drôle d'air :

— Que t'as su quoi ?

— Que c'était du pipeau…

Dois-je tout lui raconter ?

Tout lui détailler ?

***

Marseille n'a jamais vraiment aimé les pouvoirs. Il fallait bien que la ville réagisse à sa manière lorsque les Allemands envahirent la zone sud, en novembre 1942.

Les frisés n'étaient là que depuis quinze jours que deux bombes ébranlaient les hôtels qu'ils fréquentaient.

C'était le 2 décembre.

À 19 heures, le grand hôtel Astoria, sur la Caneb, qui abritait l'état-major allemand, fut la cible des résistants. Deux heures plus tard, ce fut au tour de l'hôtel Rome et Saint-Pierre, qui hébergeait, lui, la compagnie de propagande.

« Le Petit Marseillais », journal collabo notoire (d'ailleurs seuls subsistaient les journaux collabos…) écrivit aussitôt : « *Ce n'est certainement pas un Marseillais qui a commis un pareil geste. Car si nos concitoyens ont des défauts, comme tous les hommes, ils ne sont ni lâches, ni imbéciles* ».

« Le Petit Marseillais » avait au moins raison sur un point, les Marseillais n'étaient ni lâches, ni imbéciles, et c'est d'ailleurs justement pour cela qu'ils avaient dynamité les deux hôtels !

La riposte des occupants fut immédiate. Des centaines de patriotes furent arrêtés ce même mois de décembre, vingt furent écroués et quelques fusils mitrailleurs saisis.

Du côté de Berlin, Hitler devait avoir une fort mauvaise image de la ville – Ah ! même le Führer était intoxiqué par cette mauvaise réputation que Marseille traîne... – puisqu'il ordonna à Himmler de faire le ménage de manière radicale, à l'aide d'explosifs.

L'ordre fut immédiatement transmis par le SS-Reichsführer à Karl Oberg, chef des SS et de la police en France.

Le 3 janvier 43, deux nouvelles explosions secouèrent la ville. Une bombe dans un bordel réservé aux soldats allemands, une seconde à l'hôtel Splendid – qui fit deux morts, dont la femme d'un employé du consulat du Reich – allaient déchaîner la colère du bon Heinrich, furax contre Oberg qui n'avait toujours pas entrepris la destruction ordonnée par le Führer. Il lui envoya Daluege afin de le rappeler à ses devoirs.

Le SOL en rajouta : « *Seuls les ennemis de la France sont les auteurs de telles provocations et oseront s'en réjouir. Un accroissement du chômage et une diminution de notre liberté sont les premières conséquences de ces actes terroristes* ».

Pourtant, cette contrition des collabos n'apaisa guère la colère des nazis. Suite aux attentats, le commandant de Marseille, le generalmajor Mylo, se fâcha tout rouge et proclama l'état de siège. Tout bonnement !

Marseille devint ville morte. Toute circulation y fut interdite de vingt heures à six heures du matin et cela concernait aussi Allauch, Plan-de-Cuques, Les Pennes Mirabeau et Septèmes. Les fenêtres et les contrevents devaient être fermés dès dix-huit heures et les troupes pouvaient faire usage de leurs armes...

Marseille découvrait la guerre.

Le 4 janvier 1943, Himmler relança Oberg : « *Attends votre télex sur les mesures prises à Marseille. Exige l'intervention la plus sévère et la plus radicale* ». Le télex[7] qu'Himmler expédia le 5 janvier fut on ne peut plus explicite : « *L'affaire de Marseille est une affaire purement policière contre un soulèvement de sous-hommes et des actes de sabotage et pas une attaque de forces militaires menée de l'extérieur.* »

Le 5 janvier, Oberg reçut Daluege qui lui rappela l'ordre de Hitler : détruire Marseille purement et simplement !

Ça tournait à l'obsession du côté du Führer...

Dès lors, le Dixième régiment de police SS, qui comptait cinq mille hommes commandés par le SS Standartenführer Griese s'installa à Marseille.

Le 6 janvier 1943, pour l'épiphanie, le Höhere SS und Polizei Führer Oberg rencontra René Bousquet, chef de la police française. On s'empressa de nommer un nouveau préfet de région, Lemoine, jusque-là en poste à Limoges.

Le 12 janvier, Oberg et Bousquet arrivèrent à Marseille. Le lendemain, le chef de la police française rencontrait l'état-major allemand et entamait quarante-huit heures de pourparlers décisifs. Il s'agissait d'organiser les rafles, la déportation et le dynamitage du Vieux Port.

Deux jours après le protocole d'accord, le 16 janvier, Berlin valida les propositions du duo Oberg-Bousquet.

Le 18 janvier, Himmler télégraphia à Oberg : « *Je souhaite que l'épuration de Marseille soit une solution radicale et complète... Veuillez tenir compte des revendications suivantes :*

1. arrestation des grandes masses de criminels de Marseille et leur transport dans les camps de concentration. J'imagine un nombre d'environ 100 000 hommes,

2. dynamitage radical du quartier des criminels. La sous-ville de Marseille est à dynamiter par des spécialistes, et de telle sorte que les habitants périssent sous la simple pression de l'explosion,

3. la police française doit y participer... La porcherie de Marseille est une porcherie de la France. »

7) Ce document fut présenté au procès de Nuremberg

Solution radicale, sous-ville, sous-hommes, porcherie… Le vocabulaire nazi semble être d'une indigence effrayante.

Le Préfet Lemoine donna aussitôt des instructions à la police française pour arrêter, entre autres, tous les juifs. Le bon Préfet avait sans doute peur que ses amis teutons ne se vexent…

Tout était en place…

Michel

Pour moi, les choses ont toujours été simples : les vieux quartiers regorgeaient de terroristes et les boches ont voulu faire le ménage. La loi de la guerre, en quelque sorte... Un scénario classique en période d'occupation...

J'ai pas assisté à la destruction du Vieux Port. Le père Martin m'avait demandé de ne pas quitter la rue de la Palud. Il voyait pas la destruction des vieux quartiers d'un mauvais œil, le père Martin. Pour lui, les ruelles qui serpentaient derrière le port étaient le refuge du vice et du péché. Faut dire qu'il avait pas été le dernier des Marseillais à accueillir le Maréchal en décembre 40, mais il était pas collabo pour deux sous. Faut pas tout mélanger... Il avait fait 14-18 et il vénérait Pétain pour ça. C'était un cul béni toujours fourré dans l'église de la rue de la Palud, mais c'était un homme charitable, le père Martin. Il m'a donné un sacré coup de main en m'hébergeant puis, par la suite, en me dénichant un boulot pépère à la Pref.

Le jour où les boches ont fait péter le port, il m'a bien recommandé de ne pas bouger, m'affirmant que ce serait dangereux, qu'on risquait de prendre des débris ou des gravats dans la gueule...

Je suis donc resté sagement cloîtré chez les Martin pendant dix-sept jours, dix-sept jours durant lesquels la ville fut ébranlée par des secousses régulières dues aux explosions du Vieux-Port. J'avais l'impression que ça ne s'arrêterait jamais, que toute la ville allait y passer.

Le père Martin m'avait persuadé que la destruction des vieux quartiers était un mal nécessaire, tant c'était un repaire de brigands. Bientôt on allait y reconstruire du neuf, propre et clean. Et son avis semblait partagé par tous les Marseillais. Il n'y a pas eu un mouvement de foule, pas une seule manif, pas la moindre marque de sympathie envers les expulsés, pas même un petit geste de solidarité... Rien, que dalle ! Les Marseillais ont continué à vivre dans une indifférence totale, comme si rien ne s'était passé. Personne ne semblait voir les monceaux de décombres qui obstruaient le quai du port.

C'était seulement une rafle allemande dans un quartier qui faisait peur.

Et voici que Jo me refait l'Histoire...

Et voici que mes certitudes s'effondrent...

— Malgré toutes les dispositions prises les jours précédents, malgré les menaces de répression, la résistance ne désarme pas. Le 22 janvier, un engin explose sur la plate-forme d'un tramway, boulevard maritime.

Je l'écoute sans rien dire. D'ailleurs, qu'est-ce que je pourrais bien répliquer ? Il semble connaître tous les détails...

Il me cite presque par cœur l'article du « Petit Marseillais » des 24 et 25 janvier 1943 : « *Un engin a fait explosion sur la plate-forme avant d'un tramway passant boulevard maritime. Sur ce tramway se trouvaient des soldats allemands qui venaient d'assister à une séance de cinéma, rue de Rome. Une femme était montée derrière eux dans la voiture. Elle portait un panier renfermant l'engin et elle déposa son panier aux pieds des voyageurs allemands. L'enquête a établi qu'elle descendit à la station suivante, sur le signe que lui fit un individu, lequel était de toute évidence son complice. L'engin explosa peu après le départ de la mystérieuse voyageuse et de son compagnon. Rendons cette justice à l'occupation allemande à Marseille que ses rapports avec les autorités de la ville ont toujours été des plus corrects et empreints de la plus grande compréhension. Si des éléments criminels n'intervenaient pas au travers de ces relations, nous n'aurions qu'à nous louer de celle-ci* »

— Je sais bien que « Le Petit Marseillais » était vendu à la collaboration. Tu veux me prouver quoi, Jo ?

— Tu vas comprendre... Parallèlement, le journal évoquait la prochaine évacuation des quartiers du Vieux-Port et liait sournoisement les deux affaires. Tu sais, le but des journaleux vérolés était hyper simple : faire croire que cette destruction était imputable au mauvais esprit des Marseillais, qu'elle avait été rendue nécessaire pour éliminer les terroristes qui trouvaient refuge dans les ruelles proches de la Mairie.

C'est ce que j'avais toujours pensé...

Jo poursuit :

— Il s'agissait tout bonnement de reporter la responsabilité de la démolition sur les épaules des mauvais Français. Car la décision de supprimer le quartier avait été prise quatre jours avant l'attentat, le 16 janvier. Et le projet était bien plus ancien encore...

Selon Jo, l'attentat du tramway vint à point nommé car depuis quelques jours, les boches et les collabos menaient une intense campagne de propagande afin de justifier leur projet.

C'est dans ce contexte que le 14 janvier 1943, Karl Oberg, qui venait de se faire tirer les oreilles par le SS-Reichsführer, déclara aux autorités françaises : « Marseille est un repaire de bandits internationaux. Cette ville est le chancre de l'Europe. Et l'Europe ne peut vivre tant que Marseille ne sera pas épurée. Les attentats du 3 janvier où des soldats du Grand Reich ont trouvé la mort en sont la preuve. C'est pourquoi l'autorité allemande veut nettoyer de tous les indésirables les vieux quartiers et les détruire par la mine et le feu ».

En janvier 1943, les actualités UFA diffusèrent un film sur Marseille. Un orchestre militaire de la Wehrmacht jouait gentiment sur les quais du Vieux Port tandis que le commentateur expliquait que « Le quartier du port compte beaucoup d'endroits pittoresques, mais c'est le foyer de nombreuses maladies, de nombreux crimes et vices. Pour éliminer ce foyer permanent de dangers, les autorités françaises ont décidé de démolir ce quartier et de le remplacer par de nouvelles habitations salubres ».

Les vieux quartiers de Marseille étaient donc condamnés à subir le même sort que le Gängeviertel, le quartier mal famé de Hambourg, détruit dix ans plus tôt.

— Et la supercherie qui consistait à attribuer aux faits de résistance les raisons allemandes de détruire le Vieux-Port trouva son écho dans la population locale, à cause sans doute de l'état d'esprit qui régnait alors, un état d'esprit né d'une atmosphère de défaite.

— C'est vrai…

Je ne peux qu'approuver Jo. Je me souviens des réflexions du père Martin. Et puis, Marseille a trop souvent tendance à considérer ses malheurs comme une fatalité…

Jo s'engraine :

— Alors – miracle ! – on sort du chapeau de magnifiques plans et de superbes maquettes : « On casse, mais regardez ce qu'on va vous construire… Regardez comme ce sera beau ». Un argument qui n'admettait pas de critiques. Un argument susceptible de resservir en d'autres occasions. Et sans les boches…

Il n'était donc guère anormal que tout le petit peuple qui se pressait sur le quai de Rive-Neuve applaudisse la destruction du nid à rats. Pour lui, c'était tout simplement un problème de salubrité publique !

***

— Police, vos papiers s'il vous plaît !

Subjugué par la démonstration et l'excitation de Jo, j'ai pas vu les deux gars entrer dans le compartiment. Un grand qui a l'air d'avoir avalé une enclume et un pin's noiraud et moustachu. Ils poussent Bert qu'ils ont sans doute récupéré dans le couloir.

La porte se referme avec un claquement derrière eux. Ils passent à la vitesse grand V des cartes barrées de tricolore devant nos mirettes.

Des condés !

Et ils ne ressemblent guère à Starsky et Hutch !

Bert est écarlate. Il transpire à grosses gouttes.

J'ai du mal à respirer. Une douleur fulgurante à l'estomac me plie en deux.

Par bonheur, Jo reste impassible. Faut dire qu'il s'est fait braquer trois fois dans sa bijouterie, alors forcément, ça rend zen… Il récupère son portefeuille, tend sa carte d'identité, et répond avec un calme qui me surprend :

— Pas de problèmes messieurs, voici les miens.

Le grand prognathe lui arrache les papelards des pognes. Moi, je n'ai qu'une idée en tête : on a été donnés, on est faits comme des rats !

Je pense aux trois flingues que Mickey a scotchés dans les chiottes.

Sûr que Mickey nous a vendus aux condés ! Et même s'il l'a pas fait intentionnellement, il en a peut-être parlé à droite et à gauche, dans l'euphorie d'une cuite. Mickey a jamais su tenir sa langue… Puis, faut dire que les bistrots sont pleins d'indics…

Et j'imagine la suite : l'arrestation, la taule, la perte de mon boulot, plus de fric pour payer le loyer, la rue…

Mon estomac se noue. Une brûlure atroce.

Bert triture son sac et réussi à extirper ses papiers enfouis sous un amas de plaquettes de comprimés multicolores :

— Voilà…

Toujours aussi rougeaud, Bert… Il tremblote d'inquiétude, sa chemise est trempée de sueur, on dirait qu'il va exploser…

— Et vous, Monsieur ? Vos papiers ?

Je suis tétanisé, incapable de me déplier, incapable d'effectuer le moindre mouvement. Jo a sans doute compris. Il saisit mon sac et le pose sur mes genoux :

— Tiens, Miche, ils doivent être dans ton sac, non ?

Je farfouille maladroitement et réussis à lâcher :

— Oui, bien sûr... Les voilà...

Le condé au menton en galoche happe ma carte d'identité. Avec son collègue de la maison poulaga, ils nous défigurent, prennent le temps d'examiner nos papiers. Le petit noiraud les confronte à une liste qu'il tire de sa poche, puis se retourne vers nous :

— Peut-on voir vos bagages, Messieurs ?

— Nous n'en avons pas.

Jo reste le plus détendu des trois.

Le noiraud jette un œil sur nos couchettes.

— OK, Messieurs, c'est bon. Rien à signaler de particulier ?

Le grandet nous rend poliment nos papiers.

— Non, rien de particulier.

Le moustachu paraît le plus excité des deux. Il se retourne vers son collègue :

— Pourtant, voiture 4, c'était bien ce compartiment, non ?

L'autre ne lui répond pas. Il s'adresse à nous :

— Et ce sac ? Il est à vous ce sac ?

Le condé prognathe pointe du doigt le sac posé sur la banquette qui nous fait face, le sac qui se trouvait déjà sur la couchette 44 lorsque nous avons rejoint nos places, à la gare Saint-Charles, le sac qui appartient à Fabien, un des trois jeunes avec lesquels nous devons partager le compartiment.

— Non, nous n'avons que trois places et...

— Qui sont les trois autres occupants du compartiment ?

— Trois jeunes. Ils sont allés faire un tour.

Le flic s'adresse à son compère :

— Ouvre ce sac. C'est peut-être ce qu'on cherche...

Le noiraud moustachu obéit. La fermeture éclair glisse. Le

regard du flic fouilleur s'éclaire d'un éclat et lui donne un air vaguement intelligent :

— Bien vu ! En plein dans le mille !

Il est fier comme Artaban.

Il extrait fébrilement un sachet rempli de minuscules pastilles de couleur blanche...

Georges

Miche m'a resservi les mêmes justifications que les ploucs qui m'entouraient, quai Rive-Neuve, le jour où débuta la liquidation des vieux quartiers.

Un demi-siècle plus tard...

La propagande collabo a donc superbement survécu à ses auteurs !

Sans doute parce qu'elle se fondait sur un principe simple et compréhensible par tous : pour rénover une ville qui en a bien besoin, il faut d'abord détruire les friches et les vieux bâtiments...

Sur ce plan-là, les quelques arguments développés dans le journal, loin des fanfares du match de demain, ne sont pas nouveaux.

On va encore casser.

Oh, bien entendu, il n'est plus question de terroristes ou de malfrats qui se planquent dans les caves et les ruelles d'un quartier pourri. Il n'est pas question des boches non plus. Les temps ont changé, les formes sont différentes, mais pas l'appétit des spéculateurs.

— Tu ne comprends pas, Miche, que toute cette histoire n'est qu'une affaire de gros sous.

Il hausse les épaules et note :

— Aujourd'hui, c'est le fric qui mène le monde. Ce foot que tu adores, tu crois qu'il échappe à cette logique ?

— Bien sûr qu'il n'échappe pas à cette logique, mais il ne fout personne à la rue, le foot. Tandis que l'immobilier…

On rénovera. On donnera à la ville le visage moderne d'une cité clean. On détruira les baraques pourries pour en construire d'autres, plus modernes.

Mais personne n'évoque le sort des habitants de ces quartiers.

Où se relogeront-ils ? Cela ne semble pas revêtir une quelconque importance. Faut dire que c'est juste un projet, le début d'une étude d'un projet, en fait.

Mais je sais à Marseille comment ce type de projet se termine…

Dans quelques mois, on ressortira du placard le vieux proverbe « On ne fait pas d'omelette sans casser d'œufs », et le tour sera joué.

Dès que les flics sont sortis, j'ai tenu à reprendre notre discussion. Miche était livide et Bert n'en menait pas large. Je dois vous avouer que je n'étais guère plus rassuré, mais si Mickey ou un autre nous avaient vendus, les condés seraient sans doute allés directement fouiller les chiottes pour mettre la main sur les flingues. C'est quand même Mickey qui les a planqués là.

Le rohypnol…

Je connais ce mot depuis une demi-heure à peine et nous voici témoins d'un fait divers causé par cet hypnotique ! Le sac Adidas était bourré de comprimés provenant du casse de la pharmacie d'un hosto et destinés aux consommateurs allemands. Les trois jeunots qui devaient partager notre compartiment n'allaient pas à Munich uniquement pour le foot !

Nous non plus, d'ailleurs…

Les deux flics sont sortis avec le sac après nous avoir intimé l'ordre de ne pas bouger de nos couchettes. Grâce à leur liste des voyageurs triée par numéro de place, ils avaient identifié les trois suspects et ne tarderaient pas à les alpaguer.

— Faudrait avertir les jeunes, a lâché Bert dès qu'il a retrouvé ses esprits.

L'antique solidarité anti-flic du peuple de Marseille resurgit. C'était à moi d'assurer :

— Ils sont dans la voiture 5. Je vais essayer...

J'ai tiré la porte coulissante. Un des deux condés était resté dans le couloir. Il s'est retourné, face à moi, et m'a fait signe de rentrer en vitesse. Lorsque j'ai prétexté un besoin pressant – ce qui était en partie vrai car j'ai toujours envie de pisser – il m'a rembarré d'un ton sans équivoque :

— Dans un quart d'heure !

Bert est consigné, comme nous, dans le compartiment. Il m'a écouté l'air détaché, sans piper mot, comme si les raisons de la destruction de son quartier et de sa maison ne le concernaient pas. Il récupère « Le Soir » posé sur la couchette et en entame la lecture.

Du coup, je m'adresse de nouveau au seul Miche.

— Tu sais, Miche, je me suis rendu compte assez rapidement que les opérations de 1943 concernant le Vieux-Port avaient été conduites et réalisées par des Français. C'étaient des flics français qui vous ont arrêtés et qui sont venus arrêter mes parents. C'étaient des flics français qui vous ont fourgués dans le wagon pour Compiègne, qui m'ont emmené à Arenc, puis à Fréjus.

Était-ce pour répondre à l'ordre d'Himmler (« Saustall, cette porcherie est une porcherie française, où il n'y a aucune raison de mettre en danger des Allemands ») ou par le souci, avancé par la suite par certains acteurs accusés de collaboration active, de limiter la casse ? Difficile à vérifier...

— Des flics français... C'est vrai, mais c'est quand même cette bordille de Horst qui décidait tout, rétorque Miche.

J'ai découvert bien plus tard le communiqué que la Préfecture s'empressa de publier afin de justifier l'action de la police française : « *Pour des raisons d'ordre militaire et afin de garantir la sécurité de la population, les autorités militaires allemandes ont notifié à l'administration française l'ordre de procéder immédiatement à l'évacuation du quartier nord du Vieux-Port. Pour des motifs de sécurité intérieure, l'adminis-tration française avait, de son côté, décidé d'effectuer une vaste opération de police afin de débarrasser la ville de Marseille de certains éléments dont l'activité faisait peser de grands risques sur l'ensemble de la population. L'administration française s'est efforcée d'éviter que puissent être confondues les deux opérations. De très importantes forces de police ont procédé dans la ville à de multiples perquisitions. Des quartiers entiers ont été cernés et des vérifications d'identité ont été faites. Plus de 1000 bars ou cafés ont été fermés par mesure de police, plus de 6000 individus ont été arrêtés et 400000 identités ont été vérifiées... Ainsi est entreprise une action salutaire d'épura-tion que l'immense majorité des Marseillais approuvera. Elle contribuera à assurer, dans l'avenir, la sécurité des habitants de la ville, et à faire disparaître une injuste réputation que certains individus peu recommandables avaient contribué à accréditer* ».

Je ne peux quand même pas citer l'intégralité du communiqué de la Préfecture à Miche. Je réponds simplement :

— Ailleurs, ça s'est toujours passé autrement, les boches n'ont pas laissé autant de latitude aux flics.

C'est plus tard, après la guerre, lorsque les exactions commises ici et là par les troupes d'Himmler sont devenues publiques, que je me suis rendu compte que cette sous-traitance à la police autochtone était surprenante de la part de SS.

Après tout, ces derniers n'étaient-ils pas experts en barbarie ? Ne se vantaient-ils pas d'être des purificateurs qui n'avaient guère l'habitude de confier à d'autres leurs actions de « nettoyage » ?

L'attitude des SS – qui se sont tristement illustrés lors de l'anéantissement de Varsovie ou des massacres d'Oradour-sur-Glane – m'est alors apparue comme complètement illogique.

— La seule explication rationnelle, Miche, c'est de considérer que les boches étaient de simples exécutants d'ordres émis par des Français...

Et la police française y est vraiment allée de bon cœur !

C'est vrai qu'elle était gangrenée et gérée par les collabos. À Marseille, autant sinon plus qu'ailleurs.

Les flics avaient un double objectif.

Celui, plus ou moins affiché, d'éliminer la population cosmopolite, juive en particulier, injure à la race blanche.

L'autre, plus secret, d'assurer le succès d'une opération immobilière consistant à acquérir à bas prix des terrains idéalement situés afin de construire des immeubles de rapport.

— Quand tu lis dans les livres d'Histoire le récit de la destruction du Vieux-Port, tu en conclus quoi ?

Je fixe Miche dans les yeux, il me répond d'un ton naturel :

— Que c'était un repaire de brigands, que c'était super crade, qu'il fallait nettoyer tout ça...

Je souris. Il n'a rien compris !

— Tout ça, ce ne sont que de fallacieux prétextes ! On passe sous silence l'aspect déterminant de l'opération immobilière. Sans doute parce que ce sont des Français qui en furent les concepteurs et, surtout, les bénéficiaires.

On passe également sous silence le décret que publia le Journal Officiel le 8 janvier 1943, un décret relatif à la « *convention immobilière de la ville de Marseille autorisant celle-ci à procéder à la réalisation d'emprunts amortissables en cinquante-cinq ans et devant lui procurer une somme maximum de cinq cents millions destinée au financement des travaux de construction d'immeubles, d'ouverture de voies et assainissement de quartiers insalubres* ».

Pure coïncidence ?

Pure coïncidence également que la création devant notaire, le 25 janvier 1943, c'est-à-dire le lendemain de la rafle, d'une « *société ayant pour objet toutes opérations immobilières municipales pour le compte de Marseille et généralement toutes opérations commerciales, industrielles et financières, mobilières et immobilières* » ?

Et que penser de l'accord de Berlin, à partir des propositions de Karl Oberg et René Bousquet, qui impliquait la réalisation exacte, à quelques îlots près, d'un récent plan d'urbanisme... marseillais ?

Simple coïncidence ?

Je poursuis :

— J'ai retrouvé le numéro de mars 1943 de « Signal ». Walther Kiaulehn, le correspondant à Marseille, en profite pour couvrir moralement ses compatriotes – ce dont ils n'avaient plus guère besoin après les saccages de Varsovie, Cracovie ou Kiev ! – en concluant, dans « *Ainsi se trouve-t-on devant le cas rare d'une mesure de guerre coïncidant avec les projets adoptés depuis longtemps par la municipalité et le gouvernement et déjà en cours d'exécution* ». L'acte de guerre s'est donc judicieusement accordé avec le projet de l'administration communale, un projet dans lequel la Wehrmacht a simplement joué le rôle du bulldozer.

— Si tu le dis...

— Après le passage des boches, on en a profité pour déblayer le terrain à peu de frais et, surtout, sans payer d'indemnités d'expropriation. Ce sont donc des Français qui réalisaient une juteuse opération immobilière.

Bert a reposé le journal. Il a délaissé la lecture et écoute nos échanges. Il s'est contenté jusqu'ici de suivre mes propos en opinant du chef, avant de lâcher simplement :

— Blond, Jo a raison à cent pour cent. C'est comme ça que ça s'est passé.

Son passé de militant lui a sans doute ouvert les yeux depuis belle lurette sur les véritables raisons de la destruction des vieux quartiers.

Je crois que Miche, pour sa part, a enfin compris...

Compris que la barbarie nazie a eu parfois bon dos.

Robert

Le soleil s'est couché. Le relief vallonné, à perte de vue, est saupoudré de petites tâches blanches. Les troupeaux de charolaises colonisent les prés cernés par des alignements de sapins noirs.

On traverse les gares en ralentissant, mais sans jamais s'arrêter. Je n'arrive même pas à lire leurs noms sur les panneaux bleus.

Bien entendu, je connaissais l'histoire que Jo a racontée à Miche, la magouille de la finance qui a su profiter de l'opportunité offerte par la présence boche. C'est une thèse répandue dans les milieux ouvriers engagés, c'est un bruit qui courait sur le port où j'ai passé la plus grande partie de ma vie.

Pour sûr que la barbarie nazie a parfois bon dos…

L'étonnement de Miche n'a pas duré très longtemps, le flic en faction devant notre compartiment a tiré la porte en lâchant simplement :

— Tout est réglé. Messieurs, vous pouvez sortir si ça vous dit.

Tout est réglé, ça voulait dire quoi ?

Jo s'est empressé de sortir, direction les cagoinces. Sans doute son envie de pisser qui le reprend à la gorge…

Dans le couloir, le téléphone arabe joue à plein : les condés auraient arrêté une bande de jeunes. On parle de trafic de drogue, mais personne n'en sait davantage.

On a entendu dire que…

L'essentiel est que nos flingues soient toujours en sécurité, prêts à fonctionner.

Les condés n'étaient donc pas là pour nous, et j'avoue avoir été au bord de la crise d'apoplexie lorsqu'ils m'ont poussé sans ménagement dans le compartiment, tout à l'heure, avant de brandir leurs cartes barrées de tricolore.

J'étais sûr que nous avions été dénoncés…

***

Il nous a fallu pas mal de temps pour établir comment nous allions faire passer Horst de vie à trépas.

Le Blond préconisait l'objet contondant qu'on trouverait forcément sur place, il jugeait dangereux – à juste titre ! – de se balader avec une kalachnikov dans le train des supporters !

Jo était plutôt pour l'arme blanche mais, avec le Blond, on ne se voyait guère en train d'égorger un mec comme on saigne un cochon. J'ai déjà eu l'occasion d'assister à l'égorgement d'un goret. On le pend par les pattes arrière, on lui tranche la gargamelle. Faut entendre brailler l'animal : on dirait un gosse qu'on torture…

Et puis, c'est dégueulasse et hyper salissant ! Je ne m'imaginais pas rentrer à Marseille, avec du sang plein le falzar et les godasses !

Finalement, c'est moi qui ai eu l'idée.

J'ai lancé avec un zeste de fierté :

— Le P38. C'est évident !

Ils m'ont regardé, avec l'air inspiré de la poule qui vient de trouver un couteau. Normal, ils voulaient comprendre pourquoi le P38 était aussi évident.

J'ai poursuivi :

— Le Walther P38 était le pétard réglementaire des boches pendant la seconde guerre mondiale. Ça me semble être un choix logique pour liquider cet encatané qui a incarné pour nous le nazisme dans toute sa splendeur. Il suffit de s'en procurer trois, un pour chacun, chambrés en calibre neuf millimètres parabellum…

— Le problème c'est de dégotter ces flingues. Ça ne s'achète pas à Grand Littoral, ces trucs-là, m'a répondu le Blond.

J'avais, bien entendu, pensé à ça :

— Y a qu'à voir Mickey… Vous le connaissez, Mickey ?

Le Blond grogna, preuve qu'il connaissait bien ce petit trafiquant. Mickey, qui devait son surnom à ses grandes oreilles arrondies, avait la réputation de tout pouvoir fournir, du couteau suisse au char Leclerc.

— OK, va pour Mickey. Je le connais bien. Il a l'air un peu à la masse, mais il est sérieux et sait être discret. Je le contacterai si vous le souhaitez, proposa Jo.

— Si tu assumes… répliqua Bert en haussant les épaules.

— J'assume. Je m'en occupe… proposa Jo.

Et Jo a assumé…

Je vais enfin pouvoir rendre ma justice.

En mémoire de Lina et Béa.

En mémoire d'Olga également, Olga que j'ai perdue un matin de mars 43 à Compiègne.

***

L'ancien camp de spahis algériens avait été construit dans la forêt au sud de Compiègne.

C'était un vaste espace de triage qui recueillait des cargaisons entières que les trains noirs déchargeaient en gare de Compiègne. Royallieu était placé sous le haut patronage de l'Entraide Française. Seule, l'annexe de la faisanderie, le frontstalag 122, dépendait du SD, le service de sécurité du Reich.

J'aimais bien discuter avec les internés du camp. C'était, d'ailleurs, le seul passe-temps. On y trouvait de tout : des juifs, mais aussi des politiques, des homos, des gitans et même quelques chemises noires du colonel La Rocque.

Les Marseillais débarqués le 26 janvier avaient été emprisonnés comme détenus politiques, ce qui impliquait un inconvénient majeur dans ce camp où nous crevions la dalle : nous n'avions pas droit aux colis.

Dès mon arrivée à Royallieu, j'ai cherché à savoir si quelqu'un avait croisé Lina et Béa.

Étaient-elles ici ?

Les avait-on fourrées dans un autre wagon ?

Je ne les avais pas retrouvées à l'arrivée du train, et personne ne les avait aperçues dans le camp.

J'ai pensé que c'était mieux ainsi. Ça voulait sans doute dire qu'elles étaient restées à Marseille, qu'elles avaient pu se réfugier chez une de nos cousines, aux Trois-Lucs ou à Saint-Loup.

Oui, elles s'en étaient sorties, c'était sûr.

Je m'accrochais comme un perdu à cette hypothèse. L'information selon laquelle les enfants de moins de quinze ans et leurs mères avaient été libérés à Arenc était sans doute exacte… Bien sûr, la présence de Miche – qui n'avait que onze ans – et d'Olga était là pour contredire cette règle, mais pas mon intuition : elles étaient à Marseille, j'en étais certain. Et c'était tant mieux !

Lina, Béa, Olga…

Je pensais sans cesse à Lina et Béa, c'était naturel, mais aussi à Olga, ce qui l'était beaucoup moins…

Faut dire qu'à Royallieu, on avait du temps pour penser. Beaucoup de temps. Trop de temps…

À notre arrivée au camp, la vraie déshumanisation, celle qui visait à nous priver d'une identité, commença.

On nous avait volé notre ville, on nous vola nos noms.

Chacun d'entre nous reçut un jeton de fer blanc sur lequel était gravé un numéro. À partir de là, nous ne fûmes plus que des numéros. Il suffisait de répondre docilement lorsqu'on appelait notre numéro.

« 22315... »

« Présent ! »

Nous n'étions plus que des numéros, comme les voitures. Sans doute parce qu'en troquant nos noms contre des chiffres, nos geôliers rendaient nos vies – et surtout nos morts – anonymes.

Il est quand même plus facile et plus déresponsabilisant de liquider le 17569, le 52631 ou le 10569 que d'assassiner Louis, Marcel ou Robert...

Ensuite, on nous affecta à un bloc, à une chambre, et un semblant d'organisation se mit en place avec les autres détenus.

La vie, la vie qui ressurgit toujours, s'articulait autour des inquiétudes, des agressivités et des frustrations qui empoisonnaient notre quotidien.

Irène ne quittait pas Simon. Olga restait cramponnée à mon bras. Martoune nous suivait partout comme un chien égaré, à quelque distance, soucieuse sans doute de ne pas altérer ces frugales intimités.

À Royallieu, on passait ses journées à traîner.

Après les corvées d'épluchage des légumes, de bois, de tinette et de soupe, il n'y avait plus rien à faire... Alors, lorsqu'il faisait beau – ce qui était rare car c'était l'hiver – on errait au-dehors, sur la grande place qui s'étalait sous l'œil des miradors, entre les baraquements aux toits plats en éverite. Quand il pleuvait, on se serrait dans les baraques en grelottant.

Les deux appels quotidiens, à huit heures et à dix-sept heures, rythmaient ces journées inutiles. Dès que les gardiens aboyaient, on sortait, on se rangeait machinalement en colonne par cinq, puis le chef du baraquement présentait son effectif au boche en charge du contrôle.

Olga avait maigri. De lourds cernes assombrissaient son regard et lui conféraient une beauté grave et désespérée. Elle n'avait pas retrouvé Yvon dans le camp. Elle avait écrit plusieurs fois à la famille Martin de la rue de la Palud, pour savoir si Miche avait pu regagner Marseille, s'il les avait rejoints, mais ses lettres restaient invariablement sans réponse.

Je me débrouillais pour passer le plus de temps possible avec elle. Nous avions été affectés à des baraquements différents, mais les longues pauses entre les corvées et les appels nous laissaient du temps.

Nous nous dirigions alors vers un coin un peu à l'écart, loin de ceux qui essayaient de trouver dans les nouvelles à la Une des journaux bien-pensants affichés sur les murs des baraques des motifs d'espérer, loin de groupes qui chuchotaient – on disait que certains étaient des résistants – loin de ces vieillards qui jouaient comme des gosses avec quelques cailloux en guise d'osselets.

Alors, dans le froid humide de février, je m'asseyais auprès d'Olga et posais mon bras sur ses épaules. Elle frémissait doucement, et j'aimais à supposer que c'était de plaisir. Je savais qu'elle pensait à Yvon et à Miche, mais c'est pourtant contre moi qu'elle ronronnait comme une chatte qui retrouve son logis. Je la contemplais sans oser prononcer ces mots qui auraient coulé de source en d'autres circonstances. Je lui souriais timidement et me contentais de lui raconter ma ville. Notre ville. J'étais certain que cet univers commun nous rapprocherait. Alors, je lui décrivais les quartiers grouillants, la marmaille dépenaillée, les nistons d'immigrés italiens et corses, débarqués nus et crus sur les quais, victimes des quolibets et des vexations, des nistons qui échouaient dès l'adolescence dans la délinquance, comme si cela constituait la seule réponse possible à leur enfance humiliée.

Je lui parlais de Marseille et ça la détendait.

Parfois, je parvenais même à lui soutirer un rire.

Nous en oubliions ainsi, l'espace d'une heure ou deux, la méchante réalité de Royallieu. Les barbelés qui séparaient les gosses de leurs parents, les hommes et les femmes agrippés d'un côté de cette clôture et qui cherchaient un fils ou un neveu en chialant, les enfants qui, de l'autre côté, réclamaient en vain leur mère…

Et les maladies…

La plupart des internés étaient couverts de poux, de punaises et de puces. La nuit, on entendait la course des rats sous les planchers des baraques, des baraques humides, glaciales et crades, des foyers d'infection propageant toutes sortes d'affections. Au bout de quelques jours, nous étions tous immanquablement victimes de la chiasse, de la bronchite, de la gourme ou de la gale du pain. La gourme se manifestait par de larges plaques de pus entre les jambes et sous les bras. La gale du pain se localisait dans l'aine et dans les replis du corps. Des infirmiers de pacotille la combattaient en nous faisant mettre à poil et en nous brossant vigoureusement avec une brosse à chiendent. Les boutons écorchés saignaient abondamment, évacuant les bestioles responsables de cette saloperie.

Marseille…

J'habitais une de ces ruelles, étroites et colorées, qui dégringolaient de la butte des Accoules vers les eaux vertes du Vieux-Port, à deux pas des quais où accostaient les barquettes des pêcheurs, de frêles embarcations croulant sous des monticules de cageots de sardines et escortées par des nuées de gabians braillards.

Que restait-il de mon quartier ? Certains journaux affichés dans le camp prétendaient que tout avait été détruit…

Je gagnais ma vie honnêtement, comme docker, pour dix balles de l'heure. J'adorais la force et la tranquillité des images colorées de « mon » port : les palanquées de fruits exotiques – oranges ou régimes de bananes – qui s'y entassaient, les puissants remorqueurs noirs qui traînaient des paquebots immaculés ou des cargos bien plus grands qu'eux à travers la passe.

J'avais encore dans les narines ces odeurs âcres d'iode, d'épices, de goudron et de pétrole qu'on ne trouve qu'aux abords des docks.

J'avais l'impression qu'Olga oubliait tout, l'espace de quelques instants, dans la chaleur de mes bras. Elle fermait ses yeux pour mieux s'immerger dans ces flots d'images, de parfums, de cris et de couleurs d'une ville qui avait gravé dans nos têtes sa marque indélébile.

Il lui suffisait de clore ses paupières pour s'imaginer dévaler la rue Glandevès, se retrouver à l'encoignure du Vieux-Port, s'enivrer des odeurs marines et du va-et-vient de la foule qui arpente inlassablement les quais. Le clocher des Accoules surplombant la mairie, le pont transbordeur barrant l'horizon, le palais du Pharo à l'extrême gauche... Elle me confessait qu'Yvon parlait sans cesse des étranges pays qui se trouvaient au-delà de la mer. Il lui épelait les noms des bateaux – avez-vous remarqué que les bateaux ont toujours des noms curieux – et ceux des contrées productrices d'épices. Yvon rêvait d'outre-mer et elle d'une vie paisible dans une rue ombrée à deux pas du plus ancien port de France. Mais les rêves d'Yvon ne la gênaient guère, ils étaient confinés dans les bureaux exigus de l'importateur d'épices qui l'avait embauché et paraissaient, ainsi, lui suffire.

Je n'étais plus jaloux d'Yvon.

Ici, elle était à moi.

Pour combien de temps ?

Je ne savais pas... Mais qu'importait, c'est avec moi qu'elle rêvait, c'est contre ma poitrine qu'elle souffrait.

Je lui racontais le soleil orangé de l'automne qui embrase la pierre rose du fort Saint-Jean. Je lui récitais quelques vers qui parlaient des pays lointains, comme pour lui prouver que le désir d'outre-mer n'était pas l'apanage d'Yvon, qu'il était dans le cœur de tous les Marseillais.

> *« Vous êtes-vous levées, ô vivante aventure,*
> *Audace du départ ?*
> *Ma fenêtre est ouverte au désir des mâtures*

Qui me brûlent d'espoirs.
Trésors de l'Arabie, déserts, sables, haleines
Des jardins du Yémen,
Je m'avance vers vous et je vous sens à peine
Que je vous tends les mains[8]. »

Les yeux fermés, blottie contre moi, retrouvait-elle Yvon, son Yvon, dans la sensation de mon bras protecteur enroulé autour de ses épaules et de cette étrange chaleur qui consumait son corps ?

Dès qu'elle entrouvait les paupières, elle voyait bien que ce n'était pas Yvon qui la berçait, que c'était moi. Alors, elle esquissait un sourire un peu triste, puis se laissait aller avec une indolence lascive.

Une étrange et délicieuse chaleur nous stimulait de nouveau.

Serrés l'un contre l'autre, nous étions bien au-delà de la réalité, loin de l'implacable alignement des baraquements, loin de la ceinture de barbelés, des murs de planches de bois percés de petites fenêtres vitrées, des toits gris et plats, de la veilleuse jaune du soir, des lits superposés à trois places de part et d'autre de l'allée centrale…

Et puis, je parlais, je parlais… Je devenais un intarissable bavard, pour lui faire oublier la sordide réalité quotidienne…

Comme tous les nistons de Marseille, j'avais joué dans les cales sèches, j'avais couru sous l'étrave des gros bateaux ventrus, j'avais traversé cent fois le Vieux-Port, du fort Saint-Jean au fort Saint-Nicolas, accroché sous la nacelle du pont transbordeur.

Comme Yvon, sans doute…

Tout était réglé à Royallieu de façon à ce que nous n'ayons plus qu'une vision machinale de la vie : le lever à six heures, le cortège en rang en direction du réfectoire pour avaler un bout de pain et un bol de tisane vaguement chocolatée, la gamelle de midi avec ses inévitables petits pois secs ou ses lentilles – charançons et cailloux garantis – et son quignon de pain, la gamelle du soir, dès six heures, avec sa soupe liquide et insipide…

8) Extrait d'un poème de Louis Brauquier

À Royallieu, nous avions faim tout le temps, nous étions toujours prêts à voler le colis du voisin. Les colis étaient souvent ouverts et vidés à leur arrivée mais, à vrai dire, on se foutait de ces minables pillages car nous, les Marseillais, n'avions même pas droit aux colis...

Quand les larmes baignaient les yeux d'Olga, je la serrais plus fort et une envie violente d'elle me submergeait. C'était délicieusement frustrant. Nous vivions dans un autre monde, un monde inconnu et menaçant où les vies n'avaient plus les mêmes valeurs, où les liens sociaux n'existaient plus. Mais dans ce monde de cauchemars, exempt de rêves ensoleillés, dans ce monde où le pire était toujours à venir, nous goûtions des instants de bonheur insolent.

Au cœur de cette désespérance, ces bribes d'euphorie me faisaient divaguer.

Je n'avais qu'une obsession, effleurer ses cuisses si chaudes, caresser ses seins que j'avais frôlés à plusieurs reprises, prendre sa bouche, lécher les aréoles de ses seins, explorer le sillon de son sexe dont je devinais la blondeur fragile et timide, la pénétrer avec douceur, la pénétrer avec violence, et rester longtemps soudé à elle, en elle, mon regard plongé dans le sien.

Ces pensées incongrues dans notre univers de malheurs et de calamités me choquaient. Je grognais parfois la nuit, lorsque l'envie d'Olga parvenait à gommer les visages de Lina et Béa, « Je suis une bordille ! »

Alors, pour effacer ces désirs dérangeants, pour étouffer cet amour fou, éclos dans la pourriture, je m'immergeais dans les images dérisoires de ce qui avait été ma vie de tous les jours, de ma vie d'hier. Petites images d'une vie banale, voire sans intérêt, et d'un bonheur simple... La flamme timorée de la lampe à pétrole qui allongeait les ombres de la cuisine, la bassine près du poêle à charbon qui refoulait par temps de mistral, l'odeur obsédante du cataplasme quand Béa avait eu la bronchite, le geste las de Lina vidant ma gamelle lorsque je rentrais bredouille du centre d'embauche, les petits soucis de tous les jours qui me rattachaient à une vie modeste, la vie pour laquelle j'étais fait…

Des images dérisoires pour effacer celle d'un amour fou.

Car personne n'était fait pour vivre un amour fou à Royallieu…

Et puis, le jeudi 11 mars, il y eut cet appel en pleine nuit.

L'énoncé des numéros…

22407… 22408… 22410… 22413…

22413…

Le numéro d'Olga…

Je l'ai serrée très fort contre moi, comme si j'avais compris que ce serait notre dernière étreinte, avant de la confier à Simon. Je lui ai promis de m'évader, de retourner à Marseille pour m'occuper de Miche. J'ai promis à Irène d'en faire autant pour Georges. Puis, ils se sont évaporés tous les quatre dans l'obscurité.

Olga, Simon, Irène et Martoune s'en sont allés Dieu sait où.

La vie à Royallieu changea du tout au tout au lendemain de ce maudit 11 mars.

Car Olga était partie.

Avec elle, huit cents Marseillais avaient été conduits dans un autre camp, plus au sud.

Pour faire quoi ?

Pour aller où ?

Royallieu me devint, tout à coup, insupportable.

Je restais plusieurs semaines hébété, ne sachant que faire, tantôt dépressif, tantôt agressif.

On me punit pour m'être insurgé contre des boches qui obligeaient des gosses à se frictionner dehors, à poil, avec des boules de neige, histoire de réaliser quelques clichés qu'ils se passeraient plus tard en ricanant, une chope de bière à la main, bien au chaud en tripotant la poitrine opulente d'une gretchen.

Le choc des photos, déjà…

À plusieurs reprises, je me suis retrouvé à genoux sur une règle carrée, une brique réfractaire dans chaque main, bras tendus. Cela durait des heures. Un boche hurlait dès que les bras fléchissaient…

Mais cette épreuve était plus supportable que l'absence et que l'ennui.

Après Lina et Béa – dont je restais toujours sans nouvelles – j'avais perdu Olga !

Je n'ai jamais plus revu Olga.

Michel

J'aurais sans doute mieux fait de me casser la patte, lundi dernier. J'aurais évité ce voyage dans ce train de barges et, surtout, la journée lourde de menaces qui nous attend demain...

Oui, je sais, je vous déçois sans doute. Je flanche, mais ça va passer... J'ai toujours eu un moral en dents de scie. J'ai souvent douté de moi au moment où je devais prendre une décision et fui les grandes aventures.

Je suis sans doute fait pour une existence sans relief, un boulot sans intérêt, un amour sans éclat et une baraque sans grand confort.

Mes collègues doivent trouver ma femme sans attraits. Ils ont peut-être raison... C'est sûr que Marie-Hélène n'a rien d'Isabelle Adjani ou de Sophie Marceau, mais je suis bien avec elle et ça me suffit. L'amour ? Oui, sans doute, d'une certaine façon en tout cas... Avec Marie-Hélène, on a quand même fait un gosse, alors que Jo et Bert n'en ont pas...

En fait, je crois n'avoir conjugué le verbe aimer qu'au passé, avec ma mère.

Avec Marie-Hélène, c'est autre chose. C'est un peu terne, sans problème, mais sans passion. Nous faisons tous les deux partie des meubles, comme le bahut ou le frigo, et le jour où l'un de nous manquera à l'appel, l'autre sera sacrément malheureux !

Oh, je sais ce que vous allez m'avancer…

Jo est plein aux as, il a su développer sa petite bijouterie de la rue Paradis. Il possède une superbe baraque sur les hauteurs de l'Estaque, un Riva en acajou qui donne au port des airs de Saint-Trop', et un train de vie à rendre jaloux n'importe quel millionnaire.

Bert a moins de fric, c'est quand même normal pour un gars qui passé sa vie à trimer sur le port, mais côté femmes, je ne vous dis pas ! Ah, il ne s'est pas emmerdé, Bert ! C'est pas étonnant qu'il ne se soit jamais remarié. Il a dû cocufier la moitié de Marseille. Faut dire que c'était un sacré tempérament ! Et quel bagout !

Moi, à côté d'eux, je n'ai eu qu'une petite vie, une petite vie qui m'apporte des petits bonheurs, ce qui est préférable, ne croyez-vous pas, à pas de bonheur du tout ?

Alors qu'il faudrait nous détendre et déconner, histoire de se changer les idées, voici que les flics débarquent et foutent le ouaille. Et, cerise sur le gâteau, voici que Jo me raconte les sinistres magouilles immobilières liées à la destruction du Vieux-Port…

Finalement, je dois vous avouer que je préférais mille fois l'histoire « officielle », celle des résistants planqués dans les caves et des teutons détruisant les baraques pour les y déloger !

***

Lundi dernier, le soir où Bert a pété les plombs chez Léon à cause du reportage de la 3, je me suis retrouvé assis comme un couillon, avec eux, sur le divan de Jo.

Qu'est-ce que j'en avais à foutre, moi, de ce match et de l'interview d'un frisé ?

J'aime pas particulièrement le foot, ni tous ceux qui tournent autour et qui sont attirés que par le blé. J'aime encore moins les frisés depuis une cinquantaine d'années, et ça, vous devinez bien pourquoi…

Horst…

Ainsi ce salaud s'appelait Horst.

Horst, cinquante ans après...

Est-ce que ça vaut le coup de mettre le monde à feu et à sang pour une vengeance rance ?

J'avoue que j'en doute parfois...

On est barjos, vraiment barjos, de se plonger dans une merde pareille à notre âge.

J'aurais dû refuser la proposition de Bert. L'Esquinade a bien refusé, lui... Mais j'ai sans doute moins de caractère que lui. Et puis, je dois tant à Bert... C'est quand même Bert qui m'a sauvé la vie en m'aidant à sauter du wagon. En plus, lorsque je doute, lorsque je suis décidé à effacer ce sale passé de ma mémoire et à dégotter une douzaine de bonnes raisons pour m'esquiver, l'image de ma mère revient me hanter.

C'est pour elle, et rien que pour elle, que je buterai Horst.

J'ai l'impression qu'en l'éliminant, je me débarrasserai définitivement des cauchemars du passé, je ferai mon deuil en quelque sorte.

Me voici donc, pauvre petit fonctionnaire de préfecture, asservi par la paperasserie et les colères de mon chef de bureau qui soigne son impuissance par de grands coups de gueule, membre d'un trio de tueurs !

Me voici donc embrigadé dans le convoi d'un millier de fanatiques qui sillonnent les plaines allemandes en pleine nuit à la recherche d'un nouvel Austerlitz...

Si on m'avait dit ça, il y a dix jours !

Parfois, j'aperçois au loin les lumières scintillantes et fragiles d'un village isolé. Ce sont sans doute des mecs aussi paumés que moi qui vivent dans ces coins perdus. Peut-être bien que leurs pères étaient sur le quai d'Arenc en 43, de l'autre côté, celui des baïonnettes, des fusils et des clébards...

Peut-être bien...

Horst...

Curieusement, lorsque nous avons décidé de rendre justice, de rendre notre justice, tout s'est enchaîné avec une facilité déconcertante. C'est un peu comme si le ciel était avec nous, c'est un peu comme s'il nous donnait raison.

Ça m'a conforté dans mon engagement auprès de Jo et Bert : notre vengeance était juste.

En fait, je dois confesser que je me raccroche un peu à tout ce qui pourra me donner le courage d'aller jusqu'au bout.

Voir un gars à la télé et se décider à le flinguer, c'est fastoche. Le problème, c'est de connaître son adresse, de parvenir à l'approcher, de se procurer des armes, et de s'esquiver en laissant le cadavre tout chaud sans que dégun s'aperçoive de notre présence.

Pour l'adresse, c'est Biscottin qui nous a renseignés, ou plutôt nous a aiguillés vers Clovis.

Clovis Narigou, qu'on voit parfois à la télé, passe le plus clair de son temps en ex-Yougoslavie comme ils disent. C'est un journaliste, un grand reporter qui semble bien collègue avec Biscottin. En tout cas, lorsqu'il descend au Beau Bar, c'est avec le vieux aux charentaises rouges qu'il s'enfile quelques mauresques en racontant ses séjours dans les pays en guerre. Donc Clovis était dans le coin. Il passait quelques jours dans les collines de la Nerthe, chez Tine, la sœur de Biscottin. Vous me suivez… Paraît que, dans le temps, la famille de Clovis vivait dans le même hameau délabré que Tine. Il doit avoir des envies de revenez-y, le Clovis…

Biscottin était certain que le journaleux pouvait connaître, grâce à ses accointances dans le milieu de la télé, l'adresse de Horst. Si FR3 avait interrogé Horst, il devait bien exister dans cette boîte quelqu'un qui possédait son adresse, logique non ?

On a compris que la chance était avec nous lorsque Clovis s'est pointé au Beau Bar le mardi à midi, à l'heure du fly. Fly o'clock, comme disent les rares britishs amateurs de liqueur anisée… Biscottin l'a branché aussi sec. Clovis a un peu discuté, pour la forme sans doute, avant de promettre de rappeler Bert au bistrot en fin d'après-midi.

Quand on s'est retrouvés, le soir même, Clovis était passé par-là et on savait tout – ou presque – sur Horst : son adresse, son boulot, son numéro de téléphone, ses habitudes…

Clovis nous a aussi appris que l'encatané avait une guibolle dans le plâtre, qu'il sortait rarement de chez lui, mais aussi qu'il prenait son pied (l'autre, celui qui était pas emplâtré) lorsque des journaleux souhaitaient l'interviouver.

Le vieux salaud était cabotin. Tant mieux ! ça faciliterait les choses…

Clovis nous a rien demandé sur les raisons de notre intérêt pour Horst. C'est un gars qui sait être discret. Ça doit être une des règles de son job…

Dès qu'on s'est retrouvés seuls, Jo a proposé d'appeler le boche. C'est le seul de nous trois qui s'exprime à peu près correctement en français et sans accent marseillais. Il s'est fait passer pour un journaliste soucieux de soutirer à une aussi remarquable personnalité une interviouve juste avant le match. Le salopard en a gloussé d'aise et lui a filé rencard chez lui, le 26, le jour de la finale, sur le coup de dix-sept heures.

Ensuite, on s'est procurés sans trop de difficultés un plan de Munich et des places dans le train bleu des supporters grâce à notre ami Farid qui fait la pluie et le beau temps dans le virage nord.

Lorsque le doute me perturbe, il me suffit de penser à ma mère, à l'éclat humide du regard qu'elle a posé sur moi juste avant que je saute, il me suffit de me remémorer le visage de Horst, lorsqu'il a crevé l'écran de la télé de Jo.

Ce visage… Je suis alors resté sans voix et j'ai eu tout à coup froid, très froid, comme le jour où j'ai croisé la route de Horst.

C'était un vieux souvenir, mais j'ai eu la même sensation que ce matin maudit : une cascade glacée dégoulinait dans mon dos et me paralysait…

***

C'était une salle immense de la prison des Baumettes, une salle plongée dans un froid polaire.

On attendait…

On attendait quoi ? Ou qui ?

Sans doute lui, Horst.

Il est rentré, raide comme si on lui avait enfilé un balai dans le cul. Il n'a jamais prononcé le moindre mot, on n'a jamais su s'il était Français ou boche… Il a seulement posé sur nous un œil dédaigneux, un peu comme si nous étions de la merde. Puis, il s'est fendu d'un signe du menton. Alors, tout a basculé.

Les condés – des Français – nous ont emmenés dans une autre salle. Mon père est resté là, avec tous les autres mecs. Oh, bien sûr, les hommes ont essayé de réagir, de se rebiffer, mais les condés leur sont rentrés dedans. Si encore ç'avait été des boches qui fassent ce sale boulot, mais non, c'était des Français, des flics bien de chez nous…

Depuis, je me méfie des flics.

Quand ils se plaignent en évoquant leur boulot difficile, la racaille qui les emmerde et les provoque, les risques et le tutti quanti, j'ai toujours une question qui me brûle les lèvres et que je ne leur pose jamais : ils auraient fait quoi, eux, le 23 janvier 43 ?

En tout cas, leurs collègues d'alors, leurs prédécesseurs dans la profession, ils n'ont guère hésité et je parierais bien cent roros contre un seul que nos flicaillons modernes se rangeraient, eux aussi, bien sagement du côté de la Loi.

Au nom de la Loi…

Dura lex, sed lex, avancent les salauds de toutes sortes qui s'abritent derrière la hiérarchie et cette putain de Loi pour justifier leurs saloperies…

La Loi, n'est-ce pas souvent, n'est-ce pas essentiellement la loi du plus fort ?

Mais ce ne sont pas des réflexions de ce type qui renforceront mon désir d'exécuter Horst.

Faut que je pense à ma mère…

Faut que je me remémore l'histoire du convoi numéro 52.

52, c'est le numéro du train qui quitta Drancy le 23 mars 43, du train qui emmena ma mère vers la mort.

Convoi numéro 52
Le départ

La locomotive disparaît sous un nuage de vapeur.

Encore un train noir dans la nuit de l'hiver…

Sur les wagons, toujours les mêmes wagons sales et puants, les employés des chemins de fer ont inscrit au pochoir et à la peinture blanche « *chevaux en long 8, hommes 40* ». Les Boches ne doivent pas savoir lire ou bien ne pas savoir compter, ils en poussent plus de cent par wagon, avant de leur jeter généreusement quelques couvertures, quelques miches de pain et deux boîtes en fer. « Les boîtes en fer, c'est pour chier » grogne un soldat au fort accent teuton, ce qui donne « les poites en fer, zé pour gier ».

La porte coulissante claque.

Le regard hagard, hommes, femmes, enfants et vieillards, entassés les uns contre les autres, serrent d'insignifiants bagages contre leur poitrine. Une valise usée ou un ballot sommairement noué dans la précipitation constitue désormais leur unique fortune.

Simon a agrippé Irène, il la plaque contre lui. Elle tremble, son Irène, comme un animal blessé.

De froid ?

De peur ?
« À cause du mauvais sang qu'elle se fait pour Georges » pense-t-il, sans lui poser de question.
Georges ?
Qu'est-il devenu ?
A-t-il pu trouver refuge chez des parents ?
Simon enroule son bras autour des épaules affaissées. Il sait qu'elle a toujours aimé ce geste dérisoire mais protecteur. Elle lui sourit faiblement. Amaigrie, les traits creusés, elle a pris dix ans en moins d'un mois, sa femme. L'inquiétude la ronge. Si seulement, on pouvait lui donner quelques nouvelles de Georges pour la rassurer...
Pour juguler l'insupportable angoisse, ils se rapprochent d'un groupe de juifs, ferment les yeux et récitent le Kaddish avec eux...
Olga et Martoune se cramponnent à eux. Ils ont eu l'occasion de mieux se connaître à Royallieu. Là-bas, ils sont restés entre eux. Ensemble, ils se sentent moins vulnérables, et puis Simon est le seul homme qu'elles connaissent vraiment dans ce wagon sordide, le seul qui soit capable de les défendre au cas où...

Les boches referment à grand fracas la lourde porte à glissière qui grince avant de buter contre le montant métallique et de s'immobiliser.
Ils entendent le cliquetis de la pince qui cadenasse leur habitacle. Ils sont si compressés qu'il leur est impossible de s'asseoir, il faut se tenir debout, agrippés les uns aux autres.
Olga se presse contre Simon comme s'il constituait désormais l'ultime refuge, le dernier rempart, hantée par une interrogation : et Robert ? Qu'est devenu Robert ?
Martoune pose toujours un regard absent sur un horizon virtuel, comme si les événements qui la bousculaient ne la concernaient pas. Elle sait qu'elle ne tiendra plus très longtemps.
D'ailleurs à quoi lui servirait de tenir ?
Pour qui ?
Pour quoi ?

Combien durera le voyage ?

Des heures, ou des jours et des nuits ?

Il a fallu plus d'un jour et demi de Marseille à Compiègne. Sera-ce aussi long cette fois-ci ?

Marseille, Compiègne… C'est déjà le passé.

Un officier allemand hurle, des aboiements d'un chien et une rafale lui répondent.

Une tentative d'évasion ?

Peu importe pour Olga, elle a des larmes plein les mirettes. Elle a perdu Yvon et Miche… Et maintenant c'est Robert qu'elle abandonne.

Elle en est désespérée.

Robert… Ça fait un peu moins de deux mois maintenant.

Et il s'en est passé des choses durant ces deux mois…

Le souvenir du corps vigoureux et musclé de Robert, de son odeur, une odeur d'homme, puissante et entêtante, la hante. Tout est devenu trop compliqué.

Yvon, Miche, Robert…

Elle voudrait les avoir tous les trois auprès d'elle.

Une idée stupide et insensée, mais qu'importe…

Oui, ils seraient bien, tous les quatre, loin d'ici, au soleil.

Un sifflement…

Un jet de vapeur…

L'odeur âcre de la fumée du charbon qui se consume dans la chaudière…

Un officier hurle à l'extérieur…

— Schnell ! Schnell !

La rame s'ébranle.

***

On appréhende le changement mais on s'habitue finalement à tout, ou presque. Sans doute est-ce l'effet pernicieux et un peu sédatif de la routine…

Royallieu ressemblait un peu à un gigantesque camp de vacances qui aurait accueilli deux à trois mille personnes n'ayant rien d'autre à faire que de répondre docilement aux appels aboyés et de crever de froid et de faim.

Tous les jours étaient noyés dans un brouillard glacé et rythmés par les mêmes obsessions : se réchauffer, manger, griffonner une lettre, espérer un colis de nourriture…

Depuis le 26 janvier, Royallieu avait pris l'accent de Marseille, mais les nouvelles venues du sud n'étaient guère rassurantes. On avait détruit des quartiers de Marseille, certains affirmaient même que la ville entière avait été rasée. La rumeur…

La rumeur évidemment, car à Royallieu, on parlait. On avait du temps pour ça. D'ailleurs, on n'avait que ça à faire.

Tout s'est accéléré le jeudi 11 mars.

Les huit cent quatre juifs arrêtés à Marseille furent avertis qu'ils allaient être transférés à Drancy, un camp, un autre camp qui se trouvait à soixante-quinze kilomètres au sud de Compiègne.

En pleine nuit, l'appel strident réveilla tous les baraquements. Les numéros désignés – Royallieu n'abritait que des numéros – reçurent l'ordre de se diriger, à quatre heures du matin, dans la grande cour.

Le lieu était glacial, balayé par un grésil qui s'infiltrait jusque sous les manteaux.

— Zu Fünf !

Olga, Martoune, Simon et Irène se retrouvèrent alignés en rangs par cinq.

Le numéro de Robert n'avait pas été appelé.

Robert n'était pas juif…

Les boches hurlaient leurs ordres, les chiens aboyaient, indifférents à l'interminable appel.

Huit cent quatre numéros…

La nuit prenait d'intimidantes teintes laiteuses lorsque le long convoi de fantômes se mit en route et traversa la ville, en direction de la gare. C'était un cortège d'ombre et de mort qui glissait dans les ruelles glacées, un cortège de condamnés aux épaules affaissées qu'on menait à l'échafaud. On devinait, derrière les volets clos, les regards furtifs des villageois réveillés par le pas lourd des godasses cloutées battant le pavé.

Parfois, un soldat déchargeait une giclée de balles contre une muraille, histoire de montrer aux morts-vivants qu'il n'était pas question de jouer les mariolles, histoire également d'inciter les voyeurs collés à leurs persiennes à retourner se fourrer sagement dans leurs pageots bien chauds et à ne se mêler que de ce qui les regardait.

Drancy était différent de Royallieu. Le camp était constitué par des immeubles dépourvus de fenêtres. Ces barres de béton, qui n'avaient jamais été achevées, formaient un U et encadraient un vaste terrain comportant un baraquement.

À Drancy, il y a eu un nouveau réveil brutal, un appel dans la cour centrale – toujours des numéros – puis le convoi pour la gare du Bourget-Drancy, une gare d'embarquement pour l'Est, a été constitué.

Simon, Olga, Irène et Martoune faisaient partie du lot.

Les déportés du convoi numéro 52 – « zweiundfünfzig » hurlait l'officier – étaient ballottés.

Un millier de personnes, dont huit cents Marseillais, s'entassaient dans ces wagons à bestiaux.

***

Simon devine que, outre le froid, la faim et la soif, il faudra gérer les affrontements. Il sait bien que l'âpreté de la lutte pour la survie va très vite reprendre le dessus. On se dispute déjà pour les couvertures ou pour accéder à la boîte de fer qui fait office de tinette.

Usés par la captivité à Compiègne et à Drancy, rongés par le souci et la fatigue accumulés, les caractères changent. On devient vindicatif, irritable, aveuglé, violent. Certains pleurent, d'autres crient.

Cris des femmes, cris des malades, cris des nourrissons…

Les nerfs lâchent.

Le désespoir et la férocité, attisés par la soif, l'ignorance et l'inquiétude, vont rapidement s'amalgamer dans cet enchevêtrement inextricable des corps épuisés.

Bientôt, les lamentations des malades se mêleront aux rugissements des fous et aux râles des mourants. Car beaucoup vont mourir dans ce train, Simon le sait.

Est-ce pour cela qu'il serre aussi fort les trois femmes contre lui ?

Depuis deux mois, curieusement, ils vivent ensemble, au rythme des rassemblements dans les gares et du dodelinement des trains : Marseille-Compiègne, Compiègne-Drancy, et maintenant celui-ci…

Les voici donc prisonniers d'un autre train noir qui s'insinue sournoisement dans la nuit, un train perfide qui tait son terminus, un train semblable à ceux qu'ils ont déjà empruntés, un train conçu pour les chevaux qui transforme, dès qu'ils y grimpent, les hommes en bétail, un train infini giflé par le vent glacé qui balaye la plaine morne de l'Ile-de-France.

Un train qui va vers où ?

À Drancy – un camp où l'on ne restait jamais très longtemps – Simon a entendu parler de déportation en Haute-Silésie, de camps de travail, de mines de sel…

On parlait beaucoup à Drancy…

Simon se recroqueville.

Si c'était cela, le voyage risquait d'être long, très long…

Robert

Le train s'est arrêté trois minutes à Dijon. Une halte imprévue car le trajet devait être direct, de Marseille à Munich. La voix métallique a annoncé juste avant l'arrivée en gare de Dijon-Ville :

— Attention, notre train s'arrêtera trois minutes à Dijon pour une halte technique. Personne ne descend, nous repartons immédiatement.

Effectivement, l'immobilisation fut de courte durée. Beaucoup se sont demandés ce que cachait le terme « halte technique ». Avec Jo et Miche, nous avons compris illico en apercevant sur le quai désert et faiblement éclairé une demi-douzaine de jeunes – parmi lesquels Fabien, Ludo et Sandrine, ceux qui devaient partager notre compartiment – escortés par un escadron de flics transportant de gros sacs Adidas.

Je crois que nous aurons tout le compartiment pour nous trois. Tant mieux !

Le chemin de fer sillonne maintenant la plaine d'Alsace et traverse, sans ralentir, des gares aux noms à coucher dehors.

Le Blond semble hypnotisé par le paysage mystérieux qui défile dans l'obscurité et je me laisse, moi aussi, griser par la magie de la nuit. Le ciel est limpide. Lorsque j'observe les étoiles, j'ai l'impression d'être tout petit, que notre monde est tout petit, d'un intérêt insignifiant, perdu au milieu de cette immensité.

Notre vie serait-elle dérisoire ?

— Putain, on est à Strasbourg !

Le cri du Blond m'a tiré de mes réflexions de quatre sous.

J'aurais préféré m'endormir plutôt que de passer ma nuit dans le couloir, à fixer les étoiles et à malaxer de vieilles conneries dans mon cerveau emboucané, mais il est impossible de fermer l'œil ici. Le ouaille est permanent.

— Je vais essayer de dormir un peu.

Jo grimpe sur sa couchette.

Je l'imite et m'allonge sur la mienne après avoir repoussé la porte. Je déboutonne ma chemise, puis retrousse mes manches. J'effleure machinalement, comme toujours en pareil cas, les cinq chiffres tatoués à l'intérieur de mon bras gauche.

56023…

Strasbourg…

***

Strassburg…

C'est la pancarte indiquant le nom de la ville, le nouveau nom allemand de Strasbourg, qui m'avait interpellé.

Nous avions roulé toute une nuit – les nuits étaient longues, on était fin novembre – et nous arrivions à Strasbourg.

Au départ de la gare de Compiègne, ils nous avaient entassés dans les wagons de marchandises puant la bouse de vache.

— Zu Fünf ! (par cinq !)

L'officier qui surveillait l'embarquement, comptait les rangées avec une schlague. C'était simple, très simple. Un problème fastoche de certificat d'études… Vingt rangées par wagon. Vingt fois cinq, cent par wagon.

— Schnell ! Schnell !

Puis la porte roula. Clac ! Cent par wagon. Cent fantômes muets, hébétés, indolents, dans un long train noir, encore un, sillonnant les plaines de l'est dans la nuit glacée. La France n'était-elle plus qu'une terre morne parcourue que par de longs convois sombres ?

Dès le départ, les SS nous avaient avertis, avec leur accent à la con qui nous aurait fait marrer en d'autres occasions :

— Zi un seul brisonnier s'éffade bendant le foyache, dout le fagon zera fusillé !

Si un seul prisonnier s'évadait durant le voyage, tout le wagon serait fusillé. C'était clair et net. Je me suis remémoré l'évasion de Miche et de l'Esquinade, un peu après Avignon. Ce serait désormais plus difficile... Et pour aller où ? Miche et l'Esquinade avaient certainement pu regagner Marseille, ils n'avaient qu'une grosse centaine de kilomètres à parcourir pour ça, tandis que maintenant... S'évader pour se retrouver en territoire boche, en pays hostile ?

Et puis, j'avais remarqué qu'un SS, fusil en bandoulière, se tenait sur le marchepied à l'extrémité de chaque wagon, prêt à tirer.

Un voyage éreintant...

Un jour et une nuit avec l'angoisse des lendemains inconnus, la pagaille, les nerfs à vif et l'épouvante larvée... À ce régime, le vernis de la civilisation s'écaille vite, les prostrés se rebellent non pas contre leurs cerbères, mais contre d'autres encore plus prostrés qu'eux.

Un excès de misère, et on redevient des animaux. Un minuscule petit bond de quelques dizaines de milliers d'années en arrière...

Les miches de pain rassis jetées juste avant la fermeture du wagon ont été rapidement dévorées par les plus prestes, la demi-barrique jouant le rôle de toilettes publiques s'est vite avérée inaccessible à cause de la foule compacte des hommes-bestiaux collés les uns aux autres. Malgré l'humiliation de pisser ou de caguer devant tout le monde, elle fut d'ailleurs remplie bien avant l'arrivée à Strasbourg.

Il ne nous fallut que quelques kilomètres pour ne plus être des humains...

Un jour et une nuit à patauger dans l'ordure et la puanteur.

Un jour et une nuit à se répéter que ce sera encore pire à l'arrivée…

Et ce fut pire à l'arrivée…

— Raus ! Raus !
À la sortie des wagons, nous avons été accueillis par une pluie de coups, des coups de crosse, des coups de gummi[9].
Les SS se déchaînaient.
Pourquoi ? Nous n'avions rien fait…
J'ai compris qu'en fait, ils voulaient nous montrer qu'ils étaient les chefs, que nous étions leurs esclaves, leurs « stück » crachaient-ils. D'ailleurs, ils ne comptaient jamais des hommes, ils comptaient des « stücks[10]».
Il m'apparut vite comme une évidence que nous devrions tout accepter de leur part, que l'arbitraire régnerait.

Hommes et femmes furent dissociés.
On forma deux files parallèles : les hommes à droite, les femmes à gauche.
Pour la première fois, je n'étais pas malheureux de me retrouver seul, de ne pas avoir à échanger un de ces derniers regards désespérés qui déforment les visages des couples déchirés…
Sans doute Lina et Béa vivaient-elles en paix à Marseille…
Peut-être qu'Olga s'en était tirée, elle aussi…
Où qu'elles soient, elles étaient mieux qu'ici. Si elles avaient été là, avec moi, ç'aurait été terrible, terrible pour elles, terrible pour moi aussi, d'être ainsi séparés dans ce décor infernal.
— Zu Fünf !
Toujours par cinq !
La colonne des hommes, la mienne, se mit en marche le long du quai. Il y avait un peu plus de quatre kilomètres entre la gare et le camp, et il fallait traverser un village, escortés par les SS et leurs chiens. La population nous observait d'un œil mauvais : nous étions des salauds, des criminels, la cause de la guerre, la

9) Gummi (gomme ou caoutchouc en allemand) désigne un long morceau de câble constitué d'une armature en fil de cuivre et d'une gaine en caoutchouc.
10) Stück se traduit en français par : morceau.

cause de tous leurs malheurs... Certains nous jetaient des pierres... D'autres se signaient comme s'ils avaient vu le diable...

Combien étaient déjà passés ici, avant nous ?

Notre cortège longea un haut mur de granit surmonté de cinq rangs de barbelés portant des écriteaux très accueillants puisqu'ils arboraient une angoissante tête de mort.

Les barbelés étaient électrifiés.

Le portail monumental, vaguement inquiétant, était grand ouvert.

Grand ouvert sur quoi ?

J'ai pressenti qu'une fois cette porte franchie, nous changerions d'état.

Nous étions déjà si peu de chose, nous ne serions plus rien...

C'était bien plus qu'un portail, cette porte symbolique derrière laquelle on nous compta, une fois de plus, comme du bétail.

Une fois à l'intérieur du camp, la première vision me glaça.

Des anneaux étaient scellés à un mur, des anneaux semblables à ceux qu'on utilisait pour attacher les chevaux, mais ce n'étaient pas des chevaux, c'étaient des blocs de glace qui semblaient couler du mur. Lorsqu'on les observait attentivement, on découvrait des hommes insérés dans ces blocs de glace. À ces anneaux, on avait enchaîné des hommes, des hommes qui avaient tenté de fuir ou qui étaient – plus simplement – désignés au hasard.

Tous les soirs, on en attachait quelques-uns, puis les SS ordonnaient aux kapos de les arroser toute la nuit. On avait le supplice raffiné, à Mauthausen... Au matin, après une nuit au cours de laquelle la température tombait à moins dix ou moins quinze degrés, ce n'étaient plus que des blocs de glace...

Notre convoi s'insinua entre les baraques et les cuisines pour venir se mettre, en rang par cinq dans la vaste cour, au garde à vous.

— Aufgehen[11] !

Je devinais les SS et leurs chiens qui haletaient dans mon dos.

11) Alignez-vous!

Nos regards circulaires tentaient de découvrir les lieux.

Où étions-nous ?

Dans quel foutu coin de Germanie ?

À moins que ce ne soit en Pologne. On parlait souvent de la Pologne à Royallieu…

Les canons des grosses mitrailleuses qui dépassaient du sommet des gigantesques miradors prouvaient que nous risquions de regretter notre camp de vacances de Royallieu !

Quatre bâtiments en dur étaient édifiés sur la droite (j'ai compris, par la suite, qu'il s'agissait de la buanderie, des cuisines, du bunker et de l'infirmerie) et une vingtaine de baraques beaucoup plus sommaires occupaient la partie gauche, nos baraquements sans doute…

Une onde glacée parcourut mes épaules.

En rang par cinq, au garde-à-vous, nous attendions…

J'ai rapidement compris que l'attente serait ici continuelle. On attendait pour aller à l'appel, pour aller au travail, pour la bouffe, pour regagner sa baraque…

Enfin, un officier – regard d'aigle et port de reître prussien – se planta face à nous et nous dévisagea d'un air méchant. À ses côtés, un détenu squelettique dans un uniforme semblable à un ridicule pyjama trop grand au pantalon trop court. L'interprète. L'officier l'appelait dédaigneusement « baldarsche ».

Le Boche éructait. Le squelette traduisait.

— Vous n'êtes pas ici dans un sanatorium ! Que ceux qui sont malades sortent des rangs…

Quelques-uns s'avancèrent. Qu'espéraient-ils ? Être dispensés de corvée ?

En colonne par cinq, on les emmena à l'intérieur du camp. Je ne les ai jamais plus revus. J'ai appris, le lendemain, qu'ils avaient été gazés immédiatement et brûlés dans le four crématoire.

Les kapos m'affirmèrent cela en ricanant : « Regarde donc ces cheminées qui fument, ce sont tes frères, tes compagnons de voyage, ceux qui étaient incapables de travailler, qui montent au ciel ».

En plus, ils avaient de l'humour !

Nous avons été conduits dans un block – l'infirmerie – pour y être déshabillés.

On nous a dépouillés de nos maigres bagages, de tout ce que nous portions sur nous. Papiers, montres, portefeuilles, lunettes, chaussures, stylos, alliances… furent jetés en tas, et nous avons dû poser nos vêtements, soigneusement pliés sur une grande table.

Nous nous sommes retrouvés à poil devant des hommes en blouse blanche, qui n'avaient pas l'air d'être plus médecins que moi. Ils n'étaient équipés que d'un seul instrument, une spatule en bois. Ils faisaient mine de nous ausculter, mais leur seul objectif était d'explorer notre palais à la recherche des dents en or. Ils n'avaient qu'un mot à la bouche : « Zahngold ! Zahngold ! ».

Au terme de chaque examen, ils inscrivaient un chiffre sur les poitrines : 1, 2 ou 3.

J'ai eu droit au numéro 2.

Les numéros 1 et 2 sont allés aux douches.

Nous n'avons jamais revu les numéros 3.

La douche était glaciale et, une fois secs, on nous passa la tondeuse sur tout le corps. Notre numéro servait à nous diriger vers l'un ou l'autre des coiffeurs qui ne devaient pas être plus coiffeurs que les hommes en blanc étaient médecins.

Des touffes de poils et de cheveux jonchaient le sol.

Enfin on nous tatoua, on nous badigeonna de grésil et on nous distribua une ridicule tenue rayée bleu et blanc, la même tenue que celle du traducteur, avec un calot du même tissu. Des claquettes à semelles de bois remplaçaient les chaussures que nous avions dû abandonner à l'entrée de l'infirmerie.

Nouveau rassemblement dans la cour gelée.

Les blocs de glace étaient toujours collés au mur. Ils fondaient lentement, laissant apparaître ici une main bleuie, là une nuque pelée. Quant à nous, nous n'étions plus rien.

Entièrement rasés, flottant dans les tenues trop larges, les yeux hagards, méconnaissables, puant le grésil… Non, nous n'étions plus rien…

Plus de cheveux, plus de vêtements, plus de pièce d'identité, plus d'identité même puisqu'au numéro de Royallieu succéda un autre numéro, indélébile celui-là puisque tatoué sur l'intérieur du bras gauche.

Je devins le matricule 56023.

Je me suis vite rendu compte qu'un de mes principaux problèmes serait de comprendre la langue de Goethe hurlée par des sauvages.

La première trempe que j'ai prise, c'est sur la place d'appel, lorsque nous attendions au garde à vous. Le kapo avait gueulé à vingt centimètres de moi : « Nummer? » et je n'avais pas répondu. Ça m'a valu vingt-cinq coups de gummi sur les reins – c'était la punition standard – et ça m'a convaincu de passer la nuit suivante à apprendre comment on prononçait 56023 en allemand...

Nous étions toujours au garde-à-vous dans la cour glaciale lorsqu'on aperçut la colonne de squelettes incolores titubant dans des uniformes de damnés.

Dante n'était pas très loin...

Exténués, ces morts-vivants, en rang par cinq, les bras collés au corps, marchaient au pas cadencé comme des automates. Ils rentraient des kommandos de travail et remontaient de Wiener Graben, la « carrière ».

J'ai rapidement appris que le projet de Speer, l'architecte chéri de Hitler, était de couvrir Linz, la ville où était né Adolf, de monuments à la gloire du Führer. Linz devait supplanter Vienne, rien que ça ! Mais il fallait du granit pour ça, beaucoup de jolis blocs de granit...

Les falaises de la carrière dessinaient un arc de cercle. Hautes de plus de trente mètres, elles présentaient des tranches de granit de couleurs différentes, entassées les unes sur les autres à la manière des tranches napolitaines, ce qui aurait été d'un charmant effet en d'autres occasions.

Tous les jours, deux mille hommes décharnés descendaient dans ce cirque, en colonne par cinq. Ils enlevaient leur calot au passage de la grande porte afin de saluer les officiers SS, avant d'entamer la descente dans la carrière pareille au cratère d'un immense volcan. C'était un petit chemin, un escalier de près de deux cents marches, qu'il fallait dévaler au pas de course, sous les coups de gummis qu'accompagnaient les hurlements des SS... Les semelles de bois claquaient sur les pierres. Malheur à celui qui glissait...

Toujours en colonne par cinq.

La crête semi-circulaire était couronnée d'une haute clôture de barbelés et de quelques miradors armés de fusils mitrailleurs toujours prêts à tirer.

Une de mes plus macabres découvertes en ce lieu fut celle des « parachutistes ». C'était le nom qu'on donnait aux déportés qui étaient, de temps à autre et au gré de nos geôliers, précipités dans le vide du haut de la falaise.

Ça faisait beaucoup rire les kapos.

C'était en quelque sorte un passe-temps amusant pour eux...

Je me suis éreinté dans cette carrière durant trois longs mois avant d'être transféré à Melk.

Il faut dire que le camp central de Mauthausen était assez exigu puisque, en dehors de la carrière, il n'y avait qu'un seul kommando productif qui travaillait pour la firme Steyer.

En fait, on restait peu de temps à Mauthausen. Ce camp réexpédiait assez vite les hommes qu'il recevait dans d'autres kommandos, à Gusen, Loibl Pass, Ebensee, Vienne ou Melk.

Je crois qu'il y avait ainsi soixante-dix camps annexes.

Il ne faudrait cependant pas croire qu'à Melk la vie était plus facile qu'à Mauthausen !

Là-bas, ils nous ont refilé des pelles et des pioches pour construire une usine souterraine. Rien que ça ! Ils avaient constitué trois équipes de deux mille hommes pour creuser la montagne. Il y avait là des Russes, des Polonais, des Grecs... On travaillait sans interruption quinze heures par jour, dans la boue et le froid. Quand on rentrait le soir, fourbus et épuisés, on avait droit à un appel interminable au garde-à-vous, à un bol de lavasse et, souvent, au concert d'un orchestre tzigane qui accompagnait les pendaisons du jour de quelques langoureuses chansons d'amour !

Les kapos passaient autour du cou des futurs pendus – des déportés qui avaient échoué dans leur tentative d'évasion – un écriteau portant la mention « Ich bin wieder da[12] ».

On aurait dit que le lent balancement des cadavres bercés par le vent du soir épousait le tempo tragique des violons.

Et pas question de se serrer les coudes ! Devant la dégénérescence des individus, la plupart sont vite tombés dans l'égoïsme. Nous avons vécu comme des bêtes...

Moi, heureusement, j'étais costaud, je savais me faire respecter. C'est pour ça que j'ai survécu. Et puis, j'avais un avantage énorme sur les autres. Ma chance était d'avoir rencontré des résistants à Royallieu, des gars qui m'ont fait comprendre un peu mieux le sens des choses et qui m'ont donné un but : lutter. Lutter contre ceux qui nous exploitent, lutter contre ceux qui nous méprisent. Grâce à eux, au moment où j'étais au plus mal, juste après le départ d'Olga, j'ai décidé de m'en sortir, de me battre pour que cet enfer ne se reproduise jamais plus.

La plupart des déportés n'avaient aucune motivation. Ils ne comprenaient pas ce qu'ils faisaient là... Alors, ils se laissaient aller et c'était fatal. Deux jours après leur arrivée, ils étaient morts, victimes de la fameuse « arenitis », ce nom que les « caballeros » – les premiers occupants de Mauthausen étaient des Espagnols – avaient donné au mal-être.

Les résistants réagissaient mieux, ils avaient un idéal...

Moi, j'étais dans le même état d'esprit.

Nous savions pourquoi nous étions là... Cette différence psychologique a joué sur le physique. Je n'avais pas fait la Résistance, mais j'ai bénéficié de la solidarité qui unissait, au-delà de la misère quotidienne, les combattants de l'ombre. Un homme isolé ne pouvait survivre que quelques jours... Par exemple, il n'y avait qu'un seul moyen de combattre la chiasse, c'était de croquer du charbon de bois. Donc il fallait en ramener

12) « Je suis revenu»

de la forge, ce qui n'était possible que grâce aux réseaux. Ceux qui n'ont pas pu s'en procurer sont morts, vidés par la dysenterie.

Ça m'a permis de tenir jusqu'à la libération, jusqu'à ce 6 mai 45.

En début d'après midi, une chenillette américaine a pénétré dans le camp. Nous l'avons saluée avec la Marseillaise et l'Internationale chantée en français, en russe et en espagnol...

C'était du délire. Fallait voir ça ! Nous pesions quarante kilos tout mouillés, mais nous nous embrassions, nous redevenions des hommes, des hommes qui savaient de nouveau rire et pleurer.

L'officier de l'US Army – yeux verts, tâches de rousseur à gogo sous le casque rond – mâchouillait du chewing-gum, sans doute pour cacher son émotion en découvrant les piles de cadavres abandonnées par les SS. Il venait de l'Iowa et nous a dit, en français avec un lourd accent du middle west : « Messieurs vous êtes libres et la guerre est finie. »

En plus, il nous appelait « Messieurs » !

Michel

Enfin un peu de calme…

La nuit est tombée sur l'Allemagne.

Bert ronfle comme une locomotive à vapeur déréglée. Jo est plus discret, c'est à peine s'il baragouine quelques mots incompréhensibles pendant son sommeil.

À quoi peuvent donc rêver de futurs assassins ?

Les trois couchettes des jeunes sont vides. Ils doivent sûrement dormir en cellule à l'heure qu'il est, ces trois couillons…

Je sors dans le couloir.

Quelques gars sont nonchalamment accoudés face au paysage sombre et grillent une sèche. Je pique une Gitane à un jeunot qui a certainement abusé de bien d'autres produits que ce tabac brun de notre SEITA.

Il est interdit de fumer, c'est écrit partout, mais qui viendra nous contrôler à quatre heures du matin ?

Je souffle de longs nuages bleutés vers le néon faiblard…

La fumée âcre me détend.

Pourquoi s'alarmer inutilement ? Tout est prévu, tout est minuté, tout est précis, tout devrait s'enchaîner comme dans les films…

Une nouvelle goulée.

Oui, le scénario est super bien huilé.
Action !

***

Horst, soutenu par ses béquilles, se pointera at home sur le coup de cinq heures. Je me posterai à l'entrée de l'immeuble, à l'agachon, tandis que Jo et Bert grimperont dans les étages, jusqu'à son appart. Jo se présentera à sa porte, sous le prétexte de la pseudo interviouve pour laquelle il a obtenu un rendez-vous.

Le boche, qui adore découvrir ses paroles et son portrait dans les journaux, lui ouvrira grande sa porte en roucoulant.

À partir de là, ça va s'emballer : Jo le truffera de plomb tandis que Bert surveillera le palier.

Ça devra être super rapide à cause du boucan… Jo regrette que Mickey n'ait pas pu nous fournir de silencieux. Les coups de feu risquent d'alerter tout le quartier, et il faudra détaler fissa, puis disparaître dans la station de métro la plus proche, celle de Prinzregentenplatz. Je ne me ferai jamais à ces noms allemands…

Une fois dans le métro, ce sera simple. Jo m'a dit que nous aurions un seul changement à effectuer pour rejoindre le stade olympique.

On se retrouvera alors assis, pépères, dans la tribune des Marseillais, une demi-heure seulement après avoir descendu Horst.

Qui pourra alors nous dénicher, noyés dans la foule bruyante du stade ?

Enfin, après la finale, on rentrera à Marseille, anonymes parmi les mille supporters du train bleu qui doit quitter la gare centrale sur le coup de minuit.

***

J'avale la dernière goulée avant d'écraser le mégot par terre.

Les effets de relief du paysage s'accentuent lentement au-dessous d'un ciel joliment étoilé. On prévoit du beau temps pour demain…

Ma mère a-t-elle suivi le même itinéraire, à travers l'Allemagne, pour aller crever en Pologne ?

A-t-elle eu la même vision du ciel à travers l'étroit vasistas du wagon à bestiaux ?

Elle est morte le jour de son arrivée à Sobibor, au mois de mars 1943.

Je ne l'ai appris qu'à la fin de l'année 1945.

L'incertitude sur son sort m'a miné durant trois ans, jusqu'à ce que je rencontre Aldo, un des voisins des Martin.

Aldo habitait la rue de la Palud, à deux pas de l'église.

C'est grâce à lui que j'ai su pour ma mère...

***

Aldo avait le regard ténébreux, à la fois menaçant et malheureux, des Calabrais. La montée du fascisme l'avait contraint à l'exil et il s'était arrêté à Marseille. Comme tant d'autres. Il avait posé sa valise à la rue de la Palud et s'était fait embaucher dans une petite entreprise de maçonnerie. Mais la guerre, l'occupation de la zone nono et la chasse aux étrangers l'avaient décidé à rejoindre le maquis dès la fin 42. Il avait disparu de la rue de la Palud et n'y revint qu'à la fin du premier automne de paix.

On l'avait retrouvé amaigri, silencieux, le regard vide, vieux de mille ans. Personne ne le reconnut tant il avait changé. Certains le prirent pour son père ou pour un frère bien plus âgé venu à sa recherche.

Aldo restait muet.

Dans son regard lointain, on devinait l'arrestation, la déportation... On devinait, mais en fait on n'en savait rien.

Il n'aimait pas parler de ce temps-là. Les gens qui ont trop souffert ont du mal à décrire leur détresse. Du mal ou de la pudeur, j'en sais trop rien... Et puis, il comprenait bien que les autres avaient leurs soucis et se foutaient de sa douleur... Alors, il glissait, silencieux, dans l'ombre grise de la rue de la Palud.

Sa vie paraissait être devenue un éternel hiver.

Je le questionnais parfois car les Martin m'avaient confié qu'Aldo avait été enfermé de force, lui aussi, dans un long train noir. Comme moi, comme ma mère.

Qu'y avait-il au terme des voyages des sales trains noirs ?

J'étais si désemparé... À douze ans, j'avais déjà perdu mes parents...

J'étais le seul à qui il daignait répondre, sans doute parce que j'étais qu'un gosse à l'époque, sans doute aussi parce que j'étais incapable de juger, que mon seul centre d'intérêt était le sort de mes parents et pas son histoire à lui.

Aldo m'a raconté...

Il n'avait jamais croisé ma mère à Drancy. Il avait été transféré dans ce camp, bien plus tard, à la fin 43, mais il connaissait le sort des Marseillais qui avaient quitté Drancy par les convois 52 et 53, en mars 43.

Aldo avait été transporté de Drancy à Auschwitz.

Il avait survécu.

Après quatre mois passés à Auschwitz, il avait été libéré en janvier 1944, lorsque l'Armée Rouge avait investi les lieux. Il faisait partie des cinquante-huit mille fantômes rescapés de ce camp où plus d'un million d'hommes avait trépassé. Aldo avait eu la chance de posséder une santé de fer et d'être affecté, dès son arrivée en Pologne, à l'usine de détonateurs que les nazis avaient construite à l'intérieur du camp.

De retour d'Auschwitz, il était arrivé à Paris à la gare d'Orsay, puis était passé par le Lutetia avant de regagner Marseille où il ne trouvait plus le repos.

— Autant que tu saches, me disait-il d'un ton résigné.

Il fallait que je sache...

Pour pouvoir faire mon deuil, pour repartir dans la vie.

— Tu as l'avenir devant toi, alors que moi... ajoutait-il.

Il voulait que je sache qu'on pouvait survivre à un camp de concentration, mais jamais à un camp d'extermination.

Il voulait que je sache qu'on pouvait revenir – avec beaucoup de chance – d'Auschwitz, de Buchenwald ou de Sachsenhausen,

mais certainement pas de Chelmno, de Treblinka ou de Sobibor.
Et la destination du convoi 52, celui de sa mère Olga, était Sobibor…

Convoi numéro 52
L'arrivée

Sobibor…

Le train stoppa brutalement. Ils s'affaissèrent tels des pantins désarticulés, tentant de se retenir les uns aux autres, tandis que les cadavres ballottés glissaient sur le plancher pour s'entasser, en s'écrasant, à l'avant du wagon.

Simon serrait Irène et Olga contre lui. À la suite de l'arrêt brutal du convoi, ils avaient chuté tous les trois sur le plancher couvert de poussière et maculé d'excréments. Les boîtes de fer blanc qui faisaient office de tinettes avaient été remplies au bout de quelques kilomètres. Chier devant tout le monde, compressé par ses voisins, ajoutait à l'humiliation. Et lorsque les boîtes en fer blanc furent pleines, se chier dessus fut encore pire.

Les Allemands n'avaient jamais ouvert les portes durant le voyage ou les rares arrêts du convoi…

Au dehors, c'était toujours les mêmes sons: les bruits de pas crissant sur le gravier, les ordres brefs hurlés en allemand, les aboiements des chiens.

Simon avait retenu le corps de Martoune pour éviter qu'il ne percute l'amas de cadavres. La vieille femme n'avait pas résisté, elle s'était laissée aller quelques heures seulement après le départ. Elle avait murmuré : « À mon âge, je n'ai plus le courage de souffrir… Vous, vous devez vivre. Vous avez des gosses. Les gosses, ça donne des buts dans la vie… Et l'envie de vivre aussi… ».

Ils l'avaient veillée, l'avaient recouverte de leurs manteaux. Elle s'était éteinte juste avant le passage à Strasbourg, comme si elle avait voulu mourir en France, parce que pour elle, même si les boches avaient germanisé les noms des villages, l'Alsace était toujours française.

La mort lui avait rendu des traits apaisés. Ils l'allongèrent près d'eux et durent s'interposer lorsqu'une femme passablement agressive avait voulu la dépouiller de ses vêtements.

— Los ! Los !

On hurlait à l'extérieur.

Soudain, les portes coulissèrent. Ils sortirent, marchant avec difficulté car le voyage avait duré plus de deux jours et il ne leur avait jamais été possible de se dégourdir les jambes.

Les SS les bousculèrent sans ménagement, leur infligeant au passage une pluie de coups de cravache en hurlant :

— Alle Franzözen schaisse[13] !

Au loin, aux abords immédiats du camp, les officiers nazis attendaient le misérable cortège.

Illuminé par deux puissants phares, un monumental portail sombre marquait l'arrivée dans un autre monde.

Bienvenue en enfer !

Compiègne et Drancy étaient des colonies de vacances à côté de ça !

Simon eut la sale impression que c'est ici, dans ces lieux lugubres, dans cet espace sinistre et inconnu, que s'achèveraient leurs vies.

C'est alors qu'ils les aperçurent…

Au-delà des frises de casques, de baïonnettes et de chiens, au-delà des casquettes des officiers, de la ceinture de barbelés et

13) Tous les Français sont de la merde !

du portail angoissant, des zombies squelettiques, tondus, flottant dans une tenue rayée blanche et bleue aux allures de pyjama bon marché, s'avançaient sans les voir. C'étaient véritablement des cadavres, mais des cadavres qui se déplaçaient avec lenteur et maladresse.

Les crânes rasés troués d'immenses yeux sans fond, les mâchoires édentées, les membres filiformes, les teints blêmes et terreux... Oui, c'étaient bien des cadavres qui marchaient, lentement, téléguidés par on ne sait quelle autorité virtuelle, remorquant avec peine d'interminables et lourdes charrettes de bois.

Les spectres se dirigeaient, indolents, vers les wagons. Ils stoppèrent devant l'ouverture béante d'une porte coulissante. On devinait des gestes routiniers, effectués des centaines de fois sans jamais avoir été compris.

Deux zombies pénétrèrent dans l'espace répugnant, où une centaine d'hommes avaient été parqués comme du bétail. Ils firent passer les corps rigides et les agonisants à l'extérieur. Les autres les saisissaient avec une maladresse avide avant de les entasser au prix de mille difficultés en travers des charrettes à bras.

Ils ne faisaient aucune distinction entre les morts et les mourants, et ils avaient sans doute raison.

L'air glacial battait les visages. Simon serra Irène et Olga contre lui. Après deux jours passés confinés dans le wagon, le froid parut les régénérer. Mais la réalité reprit vite ses droits. Les SS les poussèrent à l'intérieur du camp à coups de schlague.

— Schwein franzoze[14] !

Ils étaient restés trop longtemps dans le wagon souillé et puant. Ils avaient les narines emplies du remugle d'excréments et de cadavres. Sans doute est-ce pour cela qu'ils ne décelèrent que plus tard, lorsque l'armée de zombies eut terminé son sordide ouvrage et s'avisa de remorquer les charrettes chargées de dépouilles vers la grande cheminée, l'odeur infecte qui stagnait sur le camp.

Une fumée grasse, noire et nauséabonde polluait le ciel bas du soir.

14) Cochons de Français !

La chambre à gaz et les fours crématoires étaient installés dans un bâtiment en briques rouges.

— Simon, mais où allons-nous dormir?

Simon répondit d'une pression de la main sur l'avant-bras d'Irène:

— Ce ne sera pas pire qu'à Drancy, tu sais... Ils doivent avoir des baraquements, t'en fais donc pas...

Il ne savait pas que les nazis n'avaient pas cru bon de construire des dortoirs à Sobibor, pour la bonne raison que personne n'y dormait jamais...

Le convoi numéro 52 comptait six cent trente-neuf hommes, trois cent cinquante-cinq femmes et quinze enfants.

Sept cent quatre-vingts juifs raflés à Marseille faisaient partie de ce convoi.

La totalité des déportés du convoi numéro 52 fut gazée dès son arrivée.

Sobibor était un camp d'extermination, pas de concentration...

On a gagné !

Georges

Quelle nuit, mes amis, mais quelle nuit ! Si vous aviez entendu ça...

Ils ont gueulé, chanté (quand je dis chanter, c'est également gueuler, mais d'une autre façon, sur un tempo...), ri et bu comme c'est pas possible. Encore heureux que l'alcool ait été interdit à bord, sinon, qu'est-ce que cela aurait été !

Neuf heures trente...

Le panneau annonce « München Hauptbanhof ». La gare centrale. Bert et Miche sont encore tout ensommeillés. Ils se sont endormis très tard, sur le coup de quatre heures du matin. Alors, question fraîcheur, bonjour ! Bert dirait qu'ils ont les yeux en couilles d'hirondelle.

Mais qu'importe la fatigue !

Autour de nous, c'est la fête, la fête des poupres, des tchoutchous et des cabestrons. Une fête que j'observe avec une certaine bienveillance – les quatorze heures de voyage avec ces excités m'ont appris la tolérance – en appréhendant ce que les autres en diront.

Car ils vont s'en donner à cœur joie les journaleux de la capitale, friands des branlettes méningées de l'intelligentsia parisianiste, toujours prompts à caricaturer Marseille en exhibant leurs clichés de quatre sous estampillés « made in Paris »: la poissonnière irrespectueuse du Vieux-Port, le petit beur voleur de gallines des quartiers nord, le retraité murgé au jaune partageant ses journées entre la pétanque, le racisme et la sieste.

Aujourd'hui, ils sont tous là. Loin de Phocée, de son mistral et de ses flots bleus, mêlés et confondus en une marée unique. Les voleurs, les profs, les ouvriers, les ingénieurs, les apprentis, les étudiants, les chômeurs, soudés par une étrange fraternité qui repose sur des valeurs incertaines. Ils sont tous là, les blancs, les gris, les noirs, les jeunes, les vieux, les bourges et les délinquants (qui sont parfois les mêmes), les gros et les maigres, les beaux et les laids, les homos, les hétéros et les bis, les brunes et les blondes (les vraies et les fausses)…

Ils sont tous là, uniformément vêtus de blanc et d'azur, les couleurs des villes de cette Méditerranée qui est leur mère commune, les couleurs de Marseille, les couleurs de la Vierge qui veille sur le port. Mais leurs chants ne sont pas des cantiques, loin de là… Normal, ils ne sont pas des saints non plus !

Bert, qui vient d'ouvrir un œil, en serait presque choqué :

— Ces jeunes, quand même !

— Tu sais, on était comme ça à leur âge. Et peut-être même pires…

— Ouais, c'est vrai… T'as raison. Finalement, ils ont la chance de vivre des journées comme ça, tandis que nous, de notre temps…

De notre temps… Tout est dit… Cet argument de vieux désenchanté m'a toujours irrité et l'envie me brûle de répondre : « Si c'était mieux de ton temps, tu n'as qu'à y retourner, pépé ! », mais je respecte bien trop Bert pour lui lâcher ça.

Je sais bien que l'ivresse de cette grand-messe et cet enthousiasme bon enfant cachent une autre réalité, celle du petit peuple toujours prêt à vilipender les uns et à encenser les autres, du petit peuple versatile dont l'humeur est liée à la trajectoire du ballon. Les encouragements ou les insultes dépendent souvent de dix petits centimètres, à l'intérieur ou à l'extérieur du but.

L'idolâtrie tient à bien peu de chose…

Le supporter ne serait-il qu'une parodie fantomatique du militant ? Il s'engage de toute son âme, à travers des associations, mais le contenu de sa position simpliste – le club pour valeur suprême – n'est-il pas dérisoire ? Moi qui ai toujours été supporter de l'équipe au maillot blanc, je m'inquiète parfois de constater que les modèles des communautés, voire des sectes, s'imposent à ces flopées de supporters. Quand on voit le fanatisme et la haine que peut déclencher un simple match de foot, on ne s'étonne plus de la stupidité et de la cruauté des guerres. Derrière les « Milano, Milano, va fangulo ! », n'y a-t-il pas des reminiscences de luttes tribales ?

Et puis, ces grands rassemblements footeux et turbulents aux relents de fraternité constituent une aubaine pour certains. Je sais très bien que le foot conjugue au présent et en français – pas uniquement en français, d'ailleurs – le célèbre « panem et circenses ». Connaissez-vous ces études italiennes qui prouvent que le nombre de jours de grève chez Fiat est en corrélation avec les résultats de la Juve, et qu'inversement, le degré d'insatisfaction des salariés est le plus fort quand le club a de moins bons résultats ?

La finale de Munich ne permet-elle pas d'oublier un moment le taux de chômage exceptionnellement élevé de la région marseillaise ?

Mes deux compagnons d'infortune me paraissent totalement défraîchis et se foutent de mes réflexions socio-footballistiques. Ils manquent de sommeil, c'est certain. Moi, c'est moins grave, je n'ai besoin que de quelques heures de repos par nuit. Question de tempérament sans doute…

Je ne sais plus si notre projet criminel commun est une bonne chose.

Ne croyez pas que je remette notre objectif en question, il faut flinguer Horst, c'est évident, mais je pense que j'aurais dû venir seul. Ç'aurait été plus facile.

Bert possède la volonté, c'est sûr, mais pas les jambes. Quant à Miche, j'ai l'impression qu'il s'est laissé entraîner par Bert, pour lui faire plaisir et en raison de leur histoire commune, mais qu'il n'y tient finalement pas plus que cela.

Miche est un peu mon opposé. Il a toujours été du genre passif, il a toujours manqué d'ambition. Petit job, petite vie, petits rêves... Notez bien que je ne nourris aucun grief à l'encontre des gens modestes et sans projets, Miche est vraiment un brave gars, mais c'est un suiveur...

Maintenant, il est trop tard pour reculer. Et puis, Miche n'aura qu'un rôle assez passif : il fera le guet. Le sort en est jeté, comme dirait l'autre.

— On arrive ?

Miche accompagne sa question d'un bâillement modèle XXL.

— La gare centrale...

Mon annonce est laconique. Trop sans doute car une lueur d'effroi passe dans le regard de Bert. Il se lève et vient se coller contre moi pour chuchoter à mon oreille :

— Putain, Jo, les flingues... T'as pensé aux flingues ?

Bien sûr que j'ai pensé aux flingues ! Si j'avais attendu leur réveil et l'arrivée en gare de Munich, on risquait de se retrouver devant la porte des chiottes bloquée, comme cela arrive parfois afin d'éviter que les fragiles des intestins sèment leurs colombins sur le ballast des gares !

Je leur fais signe de retourner dans le compartiment et referme la porte derrière nous. Je me contente de pointer mon index vers mon blouson en clignant de l'œil.

Ils ont compris. Je dois vous avouer que passer trois Walther P38 à la ceinture vous donne une impression de puissance inattendue. On se sent brusquement transformé en char d'assaut. Par bonheur, mon blouson est assez large pour cacher la triple protubérance.

Je baisse lentement la fermeture éclair afin de laisser apparaître les plaquettes de crosse.

— Il y en a un pour chacun, les gars...

Je tends une arme à Bert, une à Miche. Ils l'enfilent, comme moi, dans leur ceinture.

— On aurait pu demander à Mickey des holsters, regrette Miche en marmonnant.

En voici un qui ne me semble vraiment pas très à l'aise...

Avant de descendre du train, j'ai repéré la position de la gare centrale sur mon plan de Munich. Les plans, ce n'est jamais très aisé à lire, mais lorsqu'ils sont écrits en allemand, je ne vous dis pas...

Les portes des wagons se replient et laissent déferler la marée bleue et blanche sur le quai tristounet. Le gros des troupes s'accroche aux basques des rares Marseillais qui ont réussi à déchiffrer le plan du métro local. Lignes U2 vers Hasendergl, changement à Scheklplatz, puis ligne U3 jusqu'au terminus, Olympiczentrum. Ce sont surtout les noms qui sont compliqués... Certains inquiets préfèrent les lignes 20 et 21 du tramway qui ont l'avantage d'être directes, mais dont les arrêts paraissent assez éloignés du stade. D'autres, plus aventureux ou plus assoiffés, décident d'aller se rincer le gosier dans une de ces tavernes qui ont fait la renommée de la capitale de la bière. Après avoir hurlé toute la nuit, ils éprouvent sans doute le besoin de rehydrater leurs amygdales desséchées !

Avec Bert et Miche, nous ne suivrons pas le troupeau. Ils m'ont confié la lourde responsabilité de les conduire à travers les rues aux noms imprononçables. Nous avons encore quelques heures avant le match. Quelques heures à tuer avant de tuer.

Je leur propose d'aller reconnaître les lieux.

— On prend un taxi ?

— Pas question, Miche. Avec le métro, nous passerons davantage inaperçus.

Bert ajoute :

— Jo a raison, dans tous les films policiers, ce sont les chauffeurs de taxi qui caftent aux condés !

Une marée bleue et blanche submerge la station de métro.

Je saisis Bert par le col au moment où le bougre, certainement distrait par l'importance des heures à venir, s'engouffrait à la suite de quelques Winners déchaînés dans le mauvais couloir.

Ce n'est pas le moment de le perdre !

— La quatre, Bert, la quatre.

Par bonheur le quai de la ligne quatre est quasiment désert. Il est vrai que les supporters n'ont aucune raison de se trouver là. Enfin, un instant de calme relatif, le premier depuis près de quinze heures !

La ligne quatre nous conduit jusqu'à la station de Prinzregentplatz.

Il paraît qu'Adolf Hitler avait un appartement sur cette place dominée par le superbe Prinzregenten theater. C'est peut-être pour ça que Horst a choisi d'habiter dans le coin. Ça doit lui rappeler son idole…

Notre homme habite au 112, Prinzregentenstrasse.

Nous descendons cette longue rue en direction du périphérique. Le 112 n'est qu'à trois cents mètres de là, un peu après la Brucknerstrasse et la Brahmsstrasse et à un jet de pierre de la Richard-Strauss-strasse.

Bruckner, Brahms, Strauss : une vraie symphonie, ces rues de Munich !

L'immeuble est élégant. Certainement une construction bourgeoise du dix-neuvième siècle… Bogenhausen – c'est le nom du quartier – passe pour être un coin calme et rupin.

Le saligaud ne se mouche pas avec les doigts !

— Putain, Jo, t'as mis la sécurité au moins ? s'inquiète Miche, le bras plaqué contre son flanc, comme pour caler l'arme.

J'aurais jamais dû lui confier un pistolet, à celui-là !

Entre ce ballot et Bert qui souffle comme la chaudière du pauvre Denis Papin, me voici bien embrigadé !

Si ça continue comme cela, je vais être contraint de les perdre tous les deux dans cette ville étrangère pour finir le boulot seul.

Après tout, un P38 avec huit cartouches de neuf millimètres parabellum, ça devrait suffire pour descendre un vieux de l'âge de Horst, non ?

L'Esquinade

Léon a prévu d'organiser une méga soirée foot sur grand écran. Il a dégotté je ne sais où – mais mieux vaut ne pas poser trop de questions – un projecteur vidéo qu'il tente de brancher sur son récepteur de télé.

— Je vais projeter l'image sur le mur, en face… m'explique-t-il, en posant sur le comptoir mon expresso fumant.

Ce ne sera pas l'écran géant de ciné du Capitole, mais le mur est presque blanc et ça fera quand même du trois mètres sur deux.

— Je pense qu'il y aura du peuple…

Léon opine du bonnet. Biscottin a raison. Le vieux traîne déjà au bistrot, à l'affût de celui qui pourra lui payer un café arrosé, voire un 51. Dix heures du mat'est traditionnellement une heure de grand déchirement pour les consommateurs des bistrots de quartier qui tergiversent et hésitent entre le dernier café arrosé et le premier fly de la journée.

Biscottin a opté pour la première solution, et c'est sans doute mon absence de réaction qui l'incite à prendre l'initiative :

— Léon, tu me sers un bossu, sur le compte de mon ami… demande-t-il en me tapotant amicalement l'épaule.

Le bistrotier lève un regard interrogatif vers moi. Pas radin pour deux sous, j'acquiesce :

— OK, Léon, sers-lui…

Biscottin s'empare de l'expresso généreusement arrosé d'une giclée de rhum, et vient se coller à moi :

— Et les trois stooges, dis… Tu crois qu'ils sont à Munich, les trois stooges ?

Il ponctue sa question par un vilain sourire édenté. Je comprends aussitôt qu'il parle de Bert, Jo et Miche, puisqu'il était là, il y a une semaine, lorsque j'ai rencontré Bert ici même pour lui signifier que je déclarais forfait pour son expédition punitive.

— Tu dois quand même le savoir mieux que moi. Tu y campes, toi, au bistrot. Ils ont dû te le dire, non ? Tu discutes des heures entières avec eux tous les jours, alors que moi je les vois chaque fois qu'il me tombe un œil…

Le vieux connaît bien sûr la réponse à sa question. En fait, il semble avoir un cruel besoin de se livrer à son quart d'heure « langue de pute » :

— Ouais, à ce qu'on m'a dit, ils y sont. Je pige pas pourquoi… Miche a horreur du foot, Bert est un peu faiblard du palpitant et Jo, avec son commerce, doit avoir bien d'autres chats à fouetter, non ?

Son regard brille de malice. Il sait bien que les trois compères ont pris la route de Munich, il sait bien que c'est grâce à Farid qu'ils ont pu acquérir les précieux billets de train et de stade que toute la ville convoitait. Mais c'est l'histoire du boche de la télé qui doit le turlupiner… C'est quand même lui qui a mis en contact Bert, qui cherchait l'adresse du boche, et Clovis qui a dû leur refiler tous les renseignements.

Mais Biscottin sait-il qu'ils avaient l'intention de flinguer le boche ?

Biscottin sait-il que je les en ai dissuadés ?

Hé oui, les trois stooges – comme il les appelle – sont là-bas pour le match, uniquement pour le match.

Grâce à moi, l'assassinat de Horst n'est plus d'actualité…

***

C'est jeudi dernier que j'ai convaincu Bert d'abandonner ce projet.

Ils ont, je pense, renoncé à leur expédition punitive depuis que je lui ai tout expliqué. S'ils se sont rendus à Munich, c'est sans doute uniquement parce qu'ils ont payé leurs billets – les billets étaient nominatifs – et que ces trois radins ne veulent pas perdre leur fric.

Oui, je vous le confesse, j'ai tout expliqué à Bert…

« Expliqué quoi ? », seriez-vous en droit de me demander.

Mais tout simplement que Horst était mort, je veux parler du vrai Horst, de celui qui a emboucané Marseille en 43, pas de son fils. Car c'est bien son fils qui a été interviewé par la 3 il y a quelques jours, son fils qui porte le même nom que lui.

Ah ! je vous vois venir : « Comment pouvez-vous affirmer que Horst, le bourreau des Marseillais est bien mort ? ».

Question pertinente, question pour laquelle j'ai une réponse concise et définitive : « Parce que c'est moi qui l'ai tué ! »

***

Peut-être vous souvenez-vous qu'en janvier dernier, une exposition de photos a été organisée à Marseille afin de célébrer le cinquantenaire de la destruction des vieux quartiers.

Ça se passait à la Vieille Charité, et je m'y suis rendu un peu comme en pèlerinage. Je savais que ce seraient des souvenirs douloureux, mais il fallait que je revoie ces images, les soldats armés et leurs sbires, les GMR et les flics français avec leurs képis.

Il s'agissait d'une série de clichés retrouvés dans les archives fédérales allemandes de Coblence. Huit bobines de Leica venaient de livrer leurs secrets. Elles recelaient un dossier iconographique accablant sur les rafles, le bouclage et la destruction des vieux quartiers.

Même s'il s'agissait de clichés partisans, puisque réalisés par des photographes aux ordres de la PK, des fonctionnaires en uniforme du régime nazi qui avaient pour consigne de dédramatiser l'opération, j'ai reçu ces images en pleine gueule.

« Le poids des mots, le choc des photos » proclame Paris-Match.

Là, il n'y avait que les photos... Pour ceux qui n'avaient pas connu ou subi ces journées, ça manquait peut-être un peu de commentaires. Pour moi, les tirages en noir et blanc suffisaient amplement. Ils m'ont mis la tronche à l'envers et j'ai eu un sale goût de fiel dans la bouche.

Les panneaux décrivaient la réalité d'un dimanche de janvier 43 qui aurait pu être un dimanche comme les autres, avec sa grand'messe, ses chemises amidonnées, son civet de lapin, sa promenade et son muscat de la fin d'après-midi.

Le climat de l'expo était certes loin de la traditionnelle indolence dominicale, mais ce qui était insolite, c'était l'absence de massacres ou de violence apparente. Les clichés témoignaient d'une guerre très ordinaire, d'une guerre sans éclat, d'une guerre sans victimes. On y découvrait des policiers pépères et des boches assez détachés de la situation. Bousquet était élégant, les généraux allemands ressemblaient à des commandants d'une garnison de l'arrière-pays et Oberg à un retraité replet, amateur de bières, venu du fond de la Bavière.

Ce sont surtout les regards des habitants qui m'ont frappé.

J'y devinais l'incompréhension, l'anxiété, la stupeur, la découverte d'un monde parallèle, inconnu et souterrain. J'y devinais tout cela, sans doute parce que je l'avais moi-même vécu.

Au hasard des panneaux, j'ai reconnu quelques voisins, quelques amis.

Je l'ai surtout reconnu lui, à l'arrière-plan d'un cliché pris sur les quais de la gare d'Arenc.

Au sortir de l'expo, je n'avais plus qu'une idée en tête : savoir qui était ce gars, savoir s'il vivait toujours et, dans ce cas, où il habitait.

À Arenc, nous étions tous les quatre, mon père, ma mère, ma sœur et moi, blottis les uns contre les autres. Ce salaud est arrivé, s'est posé devant notre groupe, nous a dévisagés avec mépris, puis a hoché la tête de haut en bas avant de claquer les talons et de disparaître.

Aussitôt, les flics se sont rués sur nous. Ils nous ont séparés. Je me suis retrouvé avec mon père dans le train pour Compiègne, ma mère et ma sœur – elle n'avait que huit ans – ont été libérées.

Malheureusement, quelques mois plus tard, les flics les ont arrêtées toutes les deux, à la Rose où nous nous étions réfugiés, et les ont conduites au siège de la Gestapo, rue Paradis.

J'ai su que c'était Horst, encore lui, qui avait décidé de leur sort.

Et leur sort, ce fut Drancy, puis Auschwitz où elles sont mortes toutes les deux à la fin de l'année 44.

Le souvenir du regard glacial du boche dans le petit matin du dimanche de janvier m'a donné la force et le courage d'entamer les recherches. J'ai récupéré les listes des Marseillais déportés en janvier 43, des témoignages, des archives.

Un gros boulot…

Un gros boulot qui m'a permis de savoir que Horst Verfolger – c'était son nom – était un vieillard respecté de quatre-vingt-trois ans, qu'il vivait à Oberammergau, un gros patelin assez touristique de Bavière, pas très loin de Munich.

Horst n'avait jamais été inquiété après la guerre. Il avait brandi l'alibi de tous les flics de l'époque : « j'ai fait mon boulot, c'est tout… »

Tous ces mecs zélés qui avaient fait simplement leur boulot avaient fini par causer la mort de millions d'innocents…

Comment je suis parvenu à Oberammergau importe peu, ce qui est important est ce que j'y ai fait. Les jolies maisons peintes, décorées de thèmes populaires, donnaient des airs de village de poupées à la vallée verdoyante, un village de poupées qui abritait un assassin.

J'ai d'abord été surpris par le nombre de militaires circulant dans les rues. Horst était-il protégé par des hordes de soldats ?

Cette pensée idiote s'évanouit dès que j'ai su que le village de poupées abritait, en fait, un centre d'instruction des militaires de l'OTAN et l'école d'administration de la Bundeswehr.

Horst m'ouvrit sans méfiance. J'étais bien sapé, rasé de frais... Et puis, de quoi aurait-il pu se méfier un demi-siècle après la guerre ?

Je l'ai abordé avec le sourire, comme un touriste égaré qui cherche sa route. Il a été presque aimable. Il était vieux et vulnérable. J'ai hésité, j'étais prêt à rebrousser chemin. Malheureusement pour lui, le regard d'acier qu'il a posé sur moi était le même que celui que j'avais découvert un sale matin de janvier 43, et ça a ranimé ma haine et ma détermination.

Je l'ai repoussé violemment avant de l'étrangler de mes mains dans son garage.

J'ai senti qu'il s'affaissait peu à peu, j'ai senti sa vie qui glissait entre mes doigts, et j'ai eu honte d'en éprouver de l'apaisement, voire de la satisfaction.

***

Jeudi dernier, j'ai appelé Bert pour l'inviter à venir chez moi. J'avais à lui parler. Je tenais à lui raconter mon voyage dans le village des poupées. Il fallait qu'il sache que justice était faite, que Horst était mort, que son projet n'avait plus lieu d'être...

Sur le moment, mon coup de fil lui a sans doute fait croire que je revenais sur ma décision, que j'étais d'accord pour participer à leur raid à Munich.

— Alors, c'est décidé, tu viens avec nous ? a-t-il claironné d'une voix claire en entrant chez moi.

— Pas exactement. Assieds-toi, je vais t'expliquer...

Lorsque je lui ai raconté ma recherche et ma balade à Oberammergau, il a eu un moment de stupeur, puis d'abattement.

Bert me semblait plus frustré que soulagé. Et il ne comprenait pas...

Ainsi Horst était mort...

Mais alors, qui pouvait bien être le gars de la télé ?

Ne s'appelait-il pas, lui aussi, Horst Verfolger ?

J'ai pu sans difficulté démontrer à Bert que ce Horst ne pouvait guère avoir plus que soixante ans, qu'il n'aurait de ce fait jamais pu être l'un des chefs de la police allemande à Marseille, en 43.

L'homme de la télé était tout simplement le fils de notre bourreau.

Bert était si déprimé que j'ai dû lui servir deux Garlaban qu'il a avalés cul sec, avant de lui raconter le détail de mes recherches, de lui expliquer comment j'avais retrouvé Horst.

Afin d'étayer mon propos et de le convaincre, je lui ai montré les copies des listes que j'avais pu me procurer, celles des personnes embarquées dans les différents convois partis d'Arenc, pour Compiègne et pour Fréjus. J'avais également les listes des Marseillais qui étaient revenus de Fréjus. Il m'a demandé de pouvoir les consulter chez lui, tranquillement. Il voulait retrouver la trace de ses voisins, de ses amis d'alors.

Il m'a confié que Munich n'avait plus aucun intérêt, mais ils avaient déjà commandé les places pour le match, ils avaient déjà payé Farid.

— Trop tard pour annuler… m'a-t-il avoué.

Je lui ai suggéré de les revendre, mais les billets étaient nominatifs. Pour des raisons de sécurité. Depuis la tragédie du Heysel, les organisateurs prenaient leurs précautions…

— Putain, d'un côté je suis heureux que ce salaud ait crevé. D'un autre, j'aurais bien aimé le flinguer moi-même. Tu comprends, c'était pour Lina et Béa ! Tu comprends ?

Sûr que je comprenais.

Il est reparti d'un pas lourd, avec les listes sous le bras.

On aurait dit qu'il avait cent ans !

Robert

J'ai l'impression que le Blond tremble un peu en contemplant la façade du 112, Prinzregentenstrasse. Mais c'est davantage de colère que de peur, car il lance :

— Il habite ici, cette pute ! Et si on y allait maintenant ?

Il noue son écharpe bleue et blanche dans un geste nerveux, tandis que son index tripote machinalement la boursouflure sous son blouson. Lui qui était jusqu'à présent plus que réservé semble vouloir se déchaîner, un changement radical qui m'agace un peu.

Jo semble partager le même sentiment que moi puisqu'il stoppe net son élan :

— Tu veux tout ficher en l'air, ou quoi ?

Je rajoute :

— Jo a raison. De toutes les manières, l'encatané n'est certainement pas chez lui à cette heure-ci. Nous savons bien qu'il ne rentre pas avant cinq heures du soir.

Je sais surtout que le Blond ne doit, sous aucun prétexte, se trouver en position de descendre Horst. Ça gâcherait tout... Il fera le guet, bien gentiment, lorsque je monterai avec Jo. On a suffisamment parlé de tout ça pour que ce soit clair dans l'esprit de chacun. Notre équipée est réglée comme du papier à musique. Mais chaque chose en son temps...

Jo propose :

— On fait un tour dans le quartier ? Un repérage...

Le Blond acquiesce. Un repérage, c'est bien... Ça fait pro. Notre pas n'en est que plus assuré lorsque nous remontons lentement la Prinzregentenstrasse.

J'ai toujours préféré nos belles régions méditerranéennes à ces contrées germaniques. Et puis, rien que de savoir que tonton Adolf a débuté sa carrière dans l'arrière-salle d'une des tavernes de ce pays aurait tendance à me filer la cagagne.

Nous repassons sur la Prinzregentensplatz, tout près de la station de métro, avant de remonter vers l'Isar. Sur notre gauche, la villa Stuck, « inspirée du classicisme grec » annone Jo qui nous lit les informations touristiques inscrites au dos de sa carte, apporte un rayon de soleil dans la puissante harmonie teutonne.

Bientôt l'Isar, ce torrent promu au rang de fleuve, apparaît en contrebas. L'eau vive qui dégringole des Alpes – l'Autriche n'est pas très loin – traverse la ville. Les rives ont été joliment aménagées, à l'allemande. Rien à voir avec notre Huveaune. Ici, c'est super clean. Et super vert aussi : le vert vif des pelouses fraîchement tondues, le vert foncé des chênes, le vert tendre des marronniers... Un camaïeu de verts d'une grande sérénité donne au paysage un aspect bucolique.

Je grogne :

— Il ne manque plus que le vert-de-gris des uniformes de la Wehrmacht...

— Quoi ?

— Rien, je réfléchis à haute voix.

— Si t'arrives encore à réfléchir, c'est bon signe, conclut le Blond.

Je hausse les épaules. Devant le spectacle « alles ist grün », je me mets à rêver de la chaleur des jaunes napolitains et des rouges vénitiens. Un éclat d'or, au-dessus de la cime des arbres, m'arrache de ma rêverie. « Le Friedensengel », me précise Jo d'un air docte en consultant à nouveau sa carte. Cette belle statue dorée – un ange aux ailes déployées – trône sur une colonne corinthienne, elle-même posée sur un pavillon aux fières cariatides.

Du coup, la place en contrebas prend des airs d'Italie, et l'air frais sous les ombrages me rappelle Aix-en-Provence. Une foule colorée commence à se presser aux terrasses.

Il ne m'en faut pas davantage pour me sentir revivre…

Je respire un bon coup pour fêter ça.

C'est vrai que je m'essouffle vite… J'intercepte le regard inquiet que Miche lance parfois à Jo dès que je reprends bruyamment mon haleine, un regard que je traduis par « Faudrait pas épuiser le vieux avant l'heure H ».

Les petits cons !

Le vieux, c'est moi…

Il est deux heures passées.

Avec le Blond, nous prenons place à une table libre en évitant de faire dégringoler nos P38 enfilés simplement dans la ceinture de nos falzars, tandis que Jo file vers les chiottes. C'est sans doute sa continuelle envie de pisser qui le taraude.

Nous planquons soigneusement nos écharpes marseillaises. Je ne sais pas comment Marseille est perçue par ici, et, de toute façon, ce n'est vraiment pas le moment de se faire remarquer !

Après avoir commandé trois fioles de bière amoureusement brassée dans l'Abbaye d'Andechs – pas question de 51 ou de Ricard en pays teuton ! – Jo déplie son plan de la ville à plat sur ses genoux pour jouer les érudits.

Il nous apprend, au passage, que l'angelot doré est une copie de l'Athéna Nikê du mont Olympe et qu'on l'a placé ici en souvenir de la paix de 1 871.

— En fait, le guide aurait pu écrire la victoire – et non la paix – des Prussiens sur nos aïeux. C'est sans doute le miracle de la traduction qui a transformé, pour nous Français, la défaite en paix ! note Jo en posant sa chope de bière.

La guerre de 70, Bismarck, Napoléon III et Sedan, on n'en a rien à faire !

Avec Miche, on reprend tout doucement goût à la vie, grâce aux petites gorgées d'Andechs.

La fraîcheur de la boisson attise ma réflexion et soulage ma douleur à la guibolle.

Nous avons prévu de liquider Horst dans trois heures.

Je vais avoir un moment très délicat à gérer.

Car je dois vous avouer que le véritable Horst est mort et bien mort.

Peut-être avez-vous déjà eu cette information déterminante de la part de l'Esquinade.

En ce qui me concerne, je n'ai rien dit de cela à Jo et à Miche.

Volontairement, bien entendu !

L'Esquinade

Toute la famille s'est réunie chez moi pour l'occasion. Bien sûr, on aurait pu se pointer chez Léon, profiter de l'ambiance de folie qui doit y régner. Ça doit être la super fête là-bas. Avec quelques jaunets dans le museau, les apprentis supporters ont dû laisser leur légendaire délicatesse au vestiaire.

Chez moi, on sera plus tranquilles. Et puis, chez Léon, il y a les « chouettes », ceux qui sont là uniquement pour nous voir perdre, pour critiquer. Ces aigris du bulbe et ces impuissants de la verge ne semblent prendre leur pied que dans nos contrariétés. Et la défaite au foot, quand tu es supporter comme nous, c'est une contrariété. Tu n'as qu'à demander à ceux qui ont suivi France-Allemagne à Séville en 82 ou OM-Etoile Rouge à Bari en 91…

À l'heure qu'il est, Marseille est une ville morte.

C'est aussi, depuis quelques jours, une ville de sportifs, de sportifs sur canapé essentiellement, de sportifs qui font surtout travailler les muscles de la main, ceux qui permettent de serrer vigoureusement un verre de fly ou une canette de bière. Ils doivent tous avoir les yeux rivés sur le petit écran qui s'attarde malencontreusement à nous vanter les délices d'un yaourt allégé ou l'efficacité d'une crème à récurer qui fait briller les chiottes les plus pouraves.

Dans tous les quartiers, on a tendu les drapeaux bleu et blanc et même des drapeaux français – c'est dire ! – en travers des fenêtres.

J'ai laissé la baie vitrée grande ouverte. Au loin, la brume semble absorber les îles du Frioul, longs fantômes mauves émergeant d'une mer d'étain.

Les neveux – je les appelle mes neveux, mais en fait ce sont les rejetons d'une lointaine cousine – sont arrivés avec leurs casquettes, leurs écharpes autour du cou, leurs cornes de brume et leurs gros mots. Ah, ils seraient bien allés à Munich, les nistons, mais ils n'ont que onze et treize ans et leurs parents ont pensé qu'il valait mieux rester ici. Et puis, le déplacement n'était pas donné... Alors, tout le monde est venu chez moi, parce que chez moi, c'est grand, parce que je n'ai pas de voisins, qu'on peut foutre le bordel sans voir la flicaille débarquer dans le quart d'heure qui suit et, enfin, parce que je leur ai promis quelques côtelettes de la rognonnade amoureusement grillées sur mon barbecue. Car ce sont des ventres, des vrais tubes digestifs montés sur pattes, mes neveux !

Les côtelettes, faut voir comme ils se les sont enfilées ! On aurait dit qu'ils n'avaient plus bâfré depuis une semaine... Enfin, ça me fait plaisir de voir tout ce monde à la piaule, moi qui vis trop souvent seul dans cette grande baraque plantée sur les hauteurs de l'Estaque.

Thierry Roland m'énerve. Il a toujours été contre nous, même si depuis quelque temps, il est plus gentil avec l'ohème. Peut-être bien que Tapie lui a graissé la patte... En tout cas, il semble être de notre côté. Remarquez, c'est normal face à des estrangers, des babis.

Et les Italiens de Marseille, ils seront pour qui ?

Pour celui qui gagnera, c'est sûr. Les babis d'ici ont toujours été des opportunistes. Un pied en France, un pied en Italie... C'est pratique pour ronchonner quand c'est la merde ici et trompeter que c'est mieux là-bas ! Mais ils n'y retournent pas en Italie, en dehors des vacances, et encore... J'explique ça aux nistons : « Si on gagne, ils seront marseillais, si c'est Milan, ils seront italiens. Ah, ils savent bien retomber sur leurs pattes, ces chapacans… »

Les mouflets opinent de la tête – ce qui ne signifie pas forcément qu'ils ont pigé – et me répondent par un hurlement de corne de brume.

J'espère, moi, que ce soir on va enfin montrer au monde qu'on n'est pas des rigolos… On s'est déjà fait carrer deux fois, à Lisbonne et à Bari…

J'avoue que je suis confiant. On est quand même la bête noire de ces Milanais réputés invincibles et nos joueurs ont sûrement plus faim que ces notables du ballon. Et puis, ces gradins dégoulinant de bleu et de blanc sur lesquels les caméras s'attardent, ça donne de l'assurance…

Jo, Miche et Bert sont sans doute là, perdus dans cette marée humaine.

Je ne les ai pas oubliés ces trois-là, « les trois stooges » dixit saint-Biscottin-les-charentaises-rouges. Bert a certainement dû tout leur expliquer en long et en large : mes recherches, Oberammergau, les vertèbres du vieux Horst qui craquaient sous mes doigts… Bon, il ne leur a peut-être pas raconté les vertèbres qui craquent, ce n'est pas indispensable pour la comprenure… Je ne sais pas comment ils ont pris la chose car je n'ai plus revu Bert depuis.

L'arbitre siffle le coup d'envoi…

Enfin, puisqu'ils sont à Munich, j'espère qu'ils prendront leur pied en suivant ce match in live.

Il doit y avoir une sacrée ambiance là-bas !

Quatrième minute : Faute de Boli sur le côté gauche de la défense marseillaise. Coup franc. Donadoni frappe au deuxième poteau pour Rijkaard, la tête du Néerlandais rase le montant des buts de Fabien Barthez. Soupirs de soulagement et coups de corne de brume au premier rang. Les petits indiens mâchurés en bleu et blanc ne tiennent déjà plus en place.

Ça promet pour la suite…

Sixième minute: Van Basten enrhume Dessailly. Aïe... Frissons dans la salle à manger. Les blancs semblent flotter derrière. Mauvaise limonade... Un lob pour Massaro qui croise sa tête et prend Barthez à contre-pied. Le ballon effleure le poteau droit. Ouf...

Un avertissement sans frais...

On échange des regards effrayés.

Combien de temps va-t-on pouvoir tenir?

Les vertèbres du vieux saligaud...

Mes mains se sont refermées sur son cou. Un véritable étau... J'ai eu la curieuse impression de posséder tout à coup une force surhumaine.

Avez-vous tué par vengeance? Non, bien entendu, allez-vous me répondre... Donc vous ne me comprendrez guère...

Je ne voyais pas son visage grimaçant, je ne voyais pas ses yeux métalliques effarés. Je ne voyais que les regards affolés des pauvres gens paniqués qu'on enfermait dans les wagons cradingues d'un interminable train noir, je ne voyais que le visage désespéré de mon père lorsque j'ai sauté par la lucarne du wagon, je ne voyais que la porte de notre cabanon de la Rose que les flics avaient laissée entrouverte...

Septième minute: Enfin un contre! Grâce à Völler qui bute sur le genou du gardien Rossi. La balle parvient à Boksic qui est neutralisé par Maldini. On s'est tous levés. Les nistons font hurler leurs cornes de brume.

Au loin, les ombres s'allongent sur le Frioul, et une voile latine rentre tranquillement au port.

Ainsi, il y aurait des Marseillais qui ne suivraient pas le match?

Ils doivent avoir sûrement la radio à bord...

Onzième minute: ça va mieux. La défense milanaise remonte à contre temps. Sauzée ouvre sur Boksic qui contrôle de la poitrine. Un super joueur ce Croate... Le goal est sorti. Trop pressé sans doute, Boksic manque son lob. La balle passe largement au-dessus.

Dommage… Mais il y a du mieux, on sent que ça vient.

Douzième minute : un corner, côté droit. C'est Donadoni qui le frappe. Maldini fait marron notre défense, mais sa tête effleure la transversale de Barthez.

Attention danger ! Milan se montre vachement incisif sur les coups de pieds arrêtés.

Treizième minute : L'un des pylônes du stade s'éteint. Il se rallume tout de suite, mais il me semble que ça gamberge du côté milanais.

Ma cousine Monique l'a bien compris. Elle lâche simplement à la cantonade : « C'est un signe du destin, ils sont cuits ». Je présume aussitôt qu'elle veut parler des Milanais. Elle a toujours été un peu sorcière, celle-là.

Dix-huitième minute : Massaro, chargé par Boli, part à la limite du hors-jeu mais il parvient quand même à glisser la balle à Van Basten qui frappe en pivot. Barthez repousse du pied. La défense panique et relance sur… Massaro. Tir de Milanais détourné par Barthez.

Aïe… Je me retourne vers Monique qui a compris ma crainte et qui réagit illico par un « T'en fais pas, ils sont cuits… Les Milanais sont cuits… ». Si elle le dit… Et elle a quand même du mérite à affirmer ça car nous sommes dominés.

Vingt-deuxième minute : Tassotti fauche Deschamps. Hurlements dans la baraque. Je découvre que les nistons n'ignorent rien du vocabulaire du Vélodrome et des phrases immanquablement ponctuées par « gros enculé ! ».

C'est Sauzée qui va frapper le coup franc. L'espoir revient… Il a un de ces paquets, ce Sauzée, c'est loin d'être un pistolet à eau ! Malheureusement son tir échoue contre la muraille rouge et noire.

En rentrant à la Rose, le soir où les flics sont venus embarquer ma mère et ma sœur, j'ai trouvé notre petite baraque déserte.

Je n'ai conservé de ce moment-là que des images dérisoires : la pauvre boîte à couture de ma mère sur laquelle étaient posées des chaussettes à repriser était renversée, la vieille poupée en chiffon que ma sœur traînait partout gisait dans un coin de la cuisine…

Ce sont ces images qui revenaient me hanter, ce sont ces images qui passaient devant mes yeux tandis que Horst suffoquait, terrorisé, la bouche grande ouverte.

Trentième minute. Massaro se joue d'Angloma et se présente seul face à Barthez. Heureusement, l'avant rossoneri tergiverse, oublie ses partenaires et frappe à côté. Ouf !

« Il faut le marquer à la culotte ce diable de Massaro, ils l'ont pas compris derrière ! » hurle mon beauf jusqu'alors complètement avachi sur le fauteuil, qui se remet à téter sa canette de Heineken après avoir lâché sa vérité.

En fait, ce n'est pas mon beau-frère mais simplement l'époux de ma cousine Monique, un homme très amoureux de sa moitié puisqu'il claironne souvent dès qu'il a trois jaunets dans le museau : « Vous connaissez Monique, ma femme ? Monique, ça vous dit rien ? Monique, deux qui la tiennent, trois qui la niquent » avant d'exploser de rire, satisfait de son bon mot.

Quarante-quatrième minute : Avec un peu de cul, on va atteindre la pause avec un 0-0.

Ce ne serait déjà pas si mal…

Pelé part sur le côté droit et dribble court. Quand le Ghanéen a la balle au pied, les Marseillais adorent. Alors, ils ne sont plus du tout racistes… Pelé met le ouaille, la défense italienne est déstabilisée. C'est un peu à eux de s'affoler…

Maldini sauve les meubles et concède un corner. Gros plan sur le play-boy milanais au regard d'azur… Qui va tirer le corner ?

— C'est Pelé, tonton, clame un niston qui a l'air de ne pas regarder le même match que moi puisqu'il m'affirme que nous avons dominé toute la première mi-temps et qu'il serait logique que nous marquions.

Moins Horst se débattait, plus je serrais…

Il n'a pas résisté bien longtemps – l'âge sans doute – et mes doigts se sont contractés sur son cou maigrichon, un cou de pintade, jusqu'à ce que ses vertèbres craquent.

Alors, il s'est affaissé et m'a paru plus lourd, plus mou aussi. Il avait une sale tronche, avec sa bouche béante et ses yeux révulsés, mais il avait enfin perdu son regard glacial et hautain.

Je suis resté un long moment à l'observer, incapable de desserrer mes doigts crispés qui s'encastraient dans sa peau fripée.

Corner.

Frappe enveloppée du Ghanéen au premier poteau. Rijkaard saute, Baresi se contente de tirer le maillot de Basile qui parvient quand même à s'envoler. Quand c'est aussi rapide et aussi fort que ça, on ne comprend pas toujours ce qui se passe, on a besoin du ralenti. Pour ça, la télé c'est bien.

Thierry Roland hurle comme si on lui avait arraché une roubignolle, ce qui d'après ma cousine Monique est impossible car il n'en aurait jamais eu, elle a lu ça dans un vieux numéro de « France Dimanche ».

— Buuuuuuuttttttttt !

La balle est au fond !

Les Indiens du premier rang entament la danse du scalp.

Le Roland de la Une s'égosille.

Ralenti…

On décortique les images : Boli s'envole, Rijkaard reste court de donnée et le tricheur professionnel Baresi ne parvient pas à clouer à terre notre bon Basilou. Rossi est resté figé sur sa ligne comme un stàssi.

Un à rien pour nous !

Le niston me regarde d'un air triomphant :

— On va les niquer, tonton !

Après tout, s'il le dit… Il connaît peut-être le foot bien mieux que moi…

— C'est Boli qui a marqué !

Ça, je l'avais remarqué.
— Ces négros, quand même. Il y en a de bien, pas vrai ?
Mon beauf ponctue son affirmation par un rot.
Je sais déjà que son admiration très passagère pour notre Basilou ne l'empêchera pas, demain, au Beau Bar de réciter ses couplets f-haine devant une assistance tout acquise aux idées avant-gardistes des « bons français qui ont des couilles » mais qui ne rechignent pas à faire appel à un négro ou un bougnoule pour marquer le but de « leur » victoire.

Michel

Putain, ce stade a vraiment de la gueule !

Un gigantesque vélum – c'est mon voisin, un mec instruit puisqu'il travaille à la Sécu de la rue Georges, qui vient de m'apprendre ce mot – transparent et gris, tamise la lumière de cette belle soirée de mai.

Il fait encore chaud comme c'est pas permis et on a dû picoler toute la sainte journée pour tenir le coup. Faut dire que de ce côté-là, les teutons ont du répondant : dans toutes leurs tavernes, ils te servent de la bière dans des verres grands comme des seaux !

Des poteaux titanesques soutiennent la toile d'araignée qui protége les gradins et les tribunes. Chez nous, à Marseille, les architectes oublient souvent de couvrir les stades sous prétexte qu'il ne tombe jamais une goutte d'eau. À Munich, ça doit être différent. Si cette ville déborde de verdure, c'est pas pour rien.

Auprès de moi, Bert semble des plus excités et il m'en veut sûrement parce que je tire une tronche de six pieds de long. Je dois bien être le seul de la tribune à ne pas hurler comme un toqué. Faut dire qu'à un à nibe, les vingt-cinq mille supporters marseillais s'en donnent à cœur !

Si je fais cette tronche, c'est bien entendu à cause de Jo...

J'ai l'estomac qui se vrille et une envie continuelle de dégueuler, même si Bert m'a expliqué cent fois, dans le métro qui nous a emmenés au stade, que notre expédition était quand même risquée.

— Toi qui nous serines à tous bouts de champs : « On fait pas d'omelette sans casser d'œufs ! », tu devrais quand même comprendre ces choses-là... a-t-il ajouté d'un ton qui n'admettait aucune objection.

Mais ça explique pas ce qui est arrivé à Jo...

Je dois vous avouer que je me trouvais déjà pas très à l'aise dans ce pays. Sans doute parce qu'on a remué récemment tous nos vieux souvenirs pleins de ces touristes teutons que l'Occupation a conduits jusqu'à Marseille.

Et puis, il y a cette langue...

J'ai trop entendu gueuler dans cette langue. Pour moi, les boches – pardon, les Allemands – ressemblent moins à Goethe ou à Schiller poétisant qu'aux soldats de la Wehrmacht, ceux qui se baladaient sous les casques à nuque, avec leurs clébards et leurs mitraillettes pointées sur les pauvres mecs entassés dans des wagons à bestiaux de l'hiver 43. Mon point de vue est sans doute subjectif car, vous le savez bien, chacun se trimballe avec ses souvenirs. Et moi, mon souvenir des boches, il a pas grand-chose à voir avec la fête de la bière et la choucroute !

En plus, ici les noms sont imprononçables. Ils ont une sale manie de coller les mots les uns aux autres, ce qui conduit à des trucs interminables et imbitables. Quelle idée d'appeler Prinzregentenstrasse la rue que nous avons parcourue ce matin ? Et l'Olympiastadium ? Le Vélodrome ou le Parc des Princes, c'est quand même mieux, non ?

Les mots croisés dans cette langue barbare doivent être sacrément coton...

Non, je comprends vraiment pas ce qui est arrivé à Jo.

Je comprends pas que tout ait aussi mal tourné.

Car nous avions tout prévu...

L'Olympiastadium est bruissant et bicolore, moitié rouge, moitié bleu, moitié milanais, moitié marseillais. Et, entre la capitale de la Lombardie et notre Massilia, la plus italienne des deux n'est pas forcément celle qu'on pense…

Je dois reconnaître que je ne suis pas un familier du stade Vélodrome. Moi, le foot, c'est surtout par la télé que je le connais. Et puis, tout ce blé qui tourne autour ! Où est le sport dans tout ça ? Le fric pourrit tout…

Quand je parle de ça à Bert, il me raconte l'époque d'Anderson et Scotti. Ça, c'étaient des footballeurs, des mecs qui mouillaient le maillot pour l'honneur du club. En ce temps-là, le pèze, ça venait après, ou ça ne venait pas. Faut voir dans quelle misère il est mort, Anderson…

Aujourd'hui, y a plus que le fric. Tu achètes un joueur, tu le revends six mois après, comme des sacs de patates ou des machines à laver… Non, ça veut plus rien dire, le foot…

Vous savez bien que, à mon âge, je me serais pas braqué quatorze heures de tortillard uniquement pour le match, même si c'est une finale. Pourtant, je peux pas rester longtemps insensible au spectacle prodigieux qui transforme cette arène titanesque en volcan bruissant et coloré.

Putain, ça a de la gueule quand même !

Du côté rouge, les tifosis ont enroulé leurs écharpes autour de l'avant-bras. C'est un bandage quasi rituel qui leur donne des allures antiques. Si ces milliers de poings gainés de rouge se tendent vers le ciel, c'est sans doute pour attirer la bienveillance de Jupiter !

Du côté bleu – un bleu pas mal mâtiné de blanc – c'est plutôt les chants qui sont à l'honneur dans une forêt de drapeaux frissonnants. Entre « 51, je t'aime… » et « Milanais, j'ai niqué ta mère, sur la Cane Cane Canebière… », on s'offre une série de « Milano, Milano, va fangulo », et on ose « On va gagner » sur l'air des lampions…

Horst s'est fait déposer devant son immeuble à cinq heures pétantes, comme prévu. Le chauffeur l'a aidé à sortir de la Mercedes avant de lui tendre ses béquilles et de s'éclipser.

Horst avait vieilli, bien sûr, mais sa tronche n'avait pas changé... Jo a frémi. Moi, j'étais tétanisé. La découverte de ce visage de rapace au regard métallique m'a glacé. J'avais froid, aussi froid que dans la grande salle glacée des Baumettes en 43, le jour où, tout minot, j'ai aperçu ce connard pour la première fois.

Mais la colère a vite repris le dessus. J'ai réussi à desserrer les mâchoires pour grogner :

— Je veux le buter, moi aussi...

J'avais longtemps hésité. J'avais longtemps cru qu'il était inutile de revenir sur le passé, et ma réaction, une réaction presque animale, m'a étonné.

— Non, on reste sur ce qu'on a dit. Toi, Miche, tu fais le guet. Avec Bert, on s'occupera de ce salaud, a rétorqué Jo.

Nous avions bien préparé l'expédition. Je devais rester à l'agachon. Jo et Bert avaient sans doute peur que je faiblisse au moment d'appuyer sur la détente...

Jo et Bert se sont faufilés, comme prévu, dans l'immeuble, à la suite de Horst.

Tout était super bien rodé.

Et pourtant, tout a lamentablement foiré...

Bert hurle comme les autres, avec les autres.

Est-ce que je dois l'admirer ou le haïr ?

Comment fait-il ?

Ne pense-t-il pas à Jo ?

Il beugle comme les autres couillons. La connerie est certainement contagieuse et je sens qu'on pourrait faire gueuler n'importe quoi aux vingt-cinq mille poitrines marseillaises...

Les gradins sont brûlants, et la température plutôt agréable qui marque la fin de cette belle journée de printemps bavarois n'explique pas tout. Quand autant de voix tonnent à l'unisson, ça fait du boucan et ça embrase les cœurs. D'ailleurs, quand l'équipe vêtue de blanc a pénétré sur la pelouse pour l'échauffement, j'ai deviné le regard étonné des joueurs. Ça doit les changer des matches à Monaco ou à Sochaux !

Je lance à Bert un regard étonné qui ne peut dissimuler un zeste de reproche. Je pige pas qu'il puisse crier avec les autres – des cris joyeux puisque nous menons au score – alors que notre expédition a si mal tourné.

Je préférerais qu'il se taise, qu'il se recueille un peu.

En souvenir de Jo...

Ça me semblerait être la moindre des choses !

C'était quand même notre collègue, Jo...

Bert s'est sans doute rendu compte de mon désappointement. Il se penche vers moi et pose affectueusement sa main sur mon avant-bras :

— Je sais ce que tu ressens, Blond, mais faut donner le change, sinon on risque de se faire repérer. Ça ne sert à rien de se ronger les sangs. Faut le prendre sur toi... Essaye de chanter avec les autres... Tu sais, moi aussi je suis triste. Moi aussi, j'ai de la peine pour Jo...

J'ai tout à coup une drôle d'impression.

Le ton n'y est pas. Il a les paroles, mais pas la musique.

Je suis sûr que s'il s'appelait Pinocchio, son nez s'allongerait de deux mètres cinquante !

L'Esquinade

La mi-temps a été l'occasion, pour les petits indiens, de terminer le sac de ma salle à manger. Sous prétexte de laisser libre cours à leur exubérance juvénile – bien compréhensible en ces heures glorieuses où nous maltraitons la prestigieuse squadra de Berlusconi – leurs parents apathiques ont préféré démissionner de leur responsabilité une fois de plus.

La mère s'est retirée sur le balcon pour fumer ses quatre clopes, le père a disparu avant de revenir, fier comme Artaban, pour refermer sa braguette en public en lâchant un tonitruant « Putain, ça fait du bien de faire pleurer le colosse » qui se passe de tout autre commentaire.

La grande classe, mon beauf…

J'ai à peine le temps de ramasser les débris d'un vase en faïence et de deux verres à coca, que la seconde mi-temps commence. Dès l'entame, il apparaît qu'elle constituera une occasion idéale de trembler et de se ronger les ongles jusqu'à l'os. Heureusement que Barthez est impérial, il détourne des deux poings un centre que Tassotti adressait à Van Basten.

Puis Papin rentre.

Notre Jipépé ex-adoré va-t-il nous trahir ?

Je devine les cris « enculé », « enculé » qui dévalent les gradins du stade olympique.

L'ex-idole est devenue un gros enculé !

Sic transit gloria mundi, comme disait l'autre...

C'est curieux le foot, tu traites d'enculé celui que tu as vénéré hier pour la simple raison qu'il porte sur les épaules une tunique d'une autre couleur ! Les nistons reprennent le qualificatif coloré à forte connotation sexuelle sans le moindre complexe. À Marseille, faut croire qu'on se traite d'enculé à la moindre occasion !

Jo, Miche et Bert hurlent-ils « enculé ! » avec les autres ?

Bert sûrement, Miche peut-être, quant à Jo, ce n'est pas tellement son langage, mais va savoir, dans l'ambiance...

Ils auraient mieux fait de rester ici, à grignoter deux ou trois côtelettes accompagnées de quelques godets de rosé de Bandol bien frais.

Et puis, à la télé, on suit mieux les matches, grâce aux ralentis.

Je souris en les imaginant tous les trois, Bert avec sa patte raide, Miche avec son aversion pour le foot, Jo avec son envie de pisser toutes les trois minutes.

Survivront-ils, perdus au milieu des hordes fanatiques ?

Sur la pelouse, avec Papin, ça s'envenime. À L'heure de jeu, Jipépé lève sa godasse sur Barthez alors que le goal marseillais a saisi la balle sans opposition. Aussitôt, Di Meco-la-bagarre arrive. En voici un que le remords ne harcèlerait guère s'il pouvait foutre son poing sur la gueule de son ancien coéquipier !

Plus que vingt minutes à jouer...

Plus que vingt minutes à tenir...

Rijkaard rate la volée sur un corner d'Albertini qui a lobé la défense, Sauzée frappe comme un boeuf, de loin mais dans les nuages, Boksic prend de vitesse les Italiens, mais il n'a plus assez d'essence pour aller jusqu'au bout, Barthez écarte des poings un centre plongeant d'Albertini devant Van Basten et Rijkaard, Jipépé écrase sa reprise de volée – heureusement qu'il a pas sorti son canon de soixante-quinze millimètres, le Jipépé – Massaro gâche la dernière occase milanaise.

22 heures et 33 minutes.

On joue les arrêts de jeu…

Monsieur Röthilsberger regarde sa montre.

Il va siffler !

Mais putain, qu'est-ce qu'il attend, ce con, pour siffler ?

Quatre… Trois… Deux… Un…

Ça y est il siffle !

Thierry Roland s'étouffe, les nistons hurlent, sautent à pieds joints sur mes fauteuils qui craquent salement, avant d'entamer une danse qui me rappelle vaguement celle entrevue dans un western de série B mettant en scène des Sioux qui s'apprêtaient à scalper un cow-boy, ersatz de John Wayne, après avoir vidé quelques fioles d'eau de feu.

Les abominables rejetons laissent sur leur passage les cadres démantibulés de trois superbes reproductions de Cézanne – l'Estaque vue du Château d'If, l'Estaque vue à travers les arbres, l'Estaque vue du golfe de Marseille – récupérées sur des couvercles de boîtes de chocolats surfins achetées à Carrefour et les débris d'un vase en faïence d'une centaine d'années qui trônait malencontreusement sur mon buffet.

Ils sont chtarbés, ces nistons, mais ce n'est pas étonnant car Monique, leur génitrice, gueule aussi fort qu'eux. Elle hurle qu'elle avait raison quand elle a affirmé que les Milanais étaient cuits, qu'une fois de plus, elle avait deviné…

Quant au père, je n'ose même pas vous raconter… On aurait dû le stériliser, le bougre…

Quelques coups de feu rythment, ici et là, du port jusqu'au Marinier, l'euphorie générale qui chavire Phocée.

Là-bas, au loin, le Frioul sombre dans l'obscurité.

Ingrates, les îles se foutent de « notre » victoire.

Gros plans sur les supporters marseillais.

À Munich, la tribune bleue et blanche exulte. La caméra parcourt les gradins en délire et moi, je cherche à repérer Bert, Miche et Jo dans cette foule en folie.

Finalement, ils ne regretteront certainement pas leur voyage.

Une finale, une finale gagnée, ça, c'est un super souvenir !

Quand je pense que ces trois couillons avaient pour ambition de truffer de plombs un mec qui n'a jamais mis les pieds à Marseille !

Ah ! Heureusement que j'étais là, là pour avertir Bert, là pour leur éviter de faire la connerie de leur vie.

Robert

J'ai compris que l'arbitre avait sifflé la fin du match lorsque les blancs ont levé les bras au ciel.

Alors, le vacarme a décuplé. Il n'était plus question de conseiller aux Milanais d'aller se faire fangouler, les Milanais n'existaient plus.

Car l'adversaire n'existe que lorsqu'il n'est pas, ou pas encore, vaincu.

Le Blond n'a pas desserré les dents. Pour lui, les événements de l'après-midi semblent plus forts que la victoire. Faut dire que le foot, c'est loin d'être sa passion.

En plus, il culpabilise bêtement :

— Si j'avais été avec vous au lieu de mater la rue, tout ça ne serait pas arrivé…

Il m'énerve avec son auto flagellation.

— Tu n'aurais rien pu, Blond. C'était écrit… C'est comme ça…

Sur le terrain, les images s'accélèrent. Les joueurs se bisent comme des fleuristes. Le vieux sorcier belge, Raymond Goethals, quitte son banc et cavale comme un dératé sur la pelouse. Tapie est sur le point de chialer et, dans les tribunes, tous les gros bonnets marseillais qui ont fait le déplacement l'embrassent et le congratulent. Grâce à lui Marseille n'est plus une perdante. Grâce à lui, pendant des mois et des années, dans les bistrots, on parlera davantage de cette épopée de l'ohème que des patrons qui exploitent leurs smicards et des politiques qui ne tiennent pas leurs promesses.

La victoire de l'ohème est du pain béni pour les exploiteurs de toutes sortes.

Faut voir comme ils le paluchent et comme ils lui lèchent la poire, au Nanard !

Oh, c'est sûr que s'il leur fait trop d'ombre, en politique notamment, demain ils le pileront, ils le broieront, ils le pulvériseront, mais pour le moment ils le vénèrent, ils voudraient que tous les Marseillais, devant leur télé, les zieutent bien auprès du boss, qu'ils pensent qu'ils sont copains comme cochons avec lui.

Car les blaireaux qui sont restés at home sont des électeurs.

Et, en ces temps de lourde ingratitude, les voix des pauvres électeurs sont si difficiles à gagner…

Basilou arrive en courant vers notre tribune. Ce soir, pas question de pleurnicher comme à Bari, deux ans plus tôt. Il rit à gorge déployée, dévoilant d'impressionnantes ratounes blanches. « T'as vu, y a bon Banania ! »… « Tu crois qu'il est cannibale, le négro ? »… Les réflexions de mes voisins montrent que l'état de grâce du buteur de la quarante-quatrième minute ne durera pas.

Chez nous, les négros sont là pour marquer des buts, comme leurs grands-pères se trouvaient sur le Chemin des Dames, en 1916, pour effrayer le boche et servir de chair à canon !

En parlant de boche, je dois vous avouer que je suis super satisfait car mon plan a fonctionné à merveille.

***

— Miche, si tu remarques quelque chose d'anormal, tu montes nous prévenir en vitesse. Nous serons au troisième étage.

Jo a donné ses dernières recommandations au Blond.

— Je me demande pourquoi on a commandé trois P38. Deux auraient amplement suffi. Miche n'a pas besoin d'une arme pour monter la garde, a-t-il chuchoté à mon intention sur le palier du premier étage.

Je traînais un peu la guibolle because les longues balades de la journée. J'ai grimpé péniblement les trois étages, puis je me suis posté un peu en retrait lorsque Jo a sonné. Ainsi, je pouvais surveiller tout l'escalier.

Une voix nasillarde a grésillé dans l'interphone. En allemand, ce qui était normal puisque nous étions à Munich et que c'était un boche qui répondait.

Jo a murmuré un nom à coucher dehors, le pseudonyme qu'il avait donné en sollicitant l'intervicuwe.

La porte s'est ouverte.

J'ai aperçu Horst par l'entrebâillement. Il avait conservé son blazer et son air supérieur d'aristo bavarois. Il a toisé Jo sans aménité – il avait le même regard hautain que son père – et lui a fait signe d'entrer avant de repousser la lourde porte derrière lui.

J'ai collé mon oreille au panneau de chêne.

Ils ont échangé quelques paroles, puis quelques coups de feu.

Je dis échanger car si le P38 a tonné, l'arme de Horst fut nettement plus discrète, juste un chuintement, sans doute sous l'effet d'un silencieux.

***

Sur le terrain, les embrassades continuent. Je remarque la furtive accolade entre Tapie et Jipépé. Papin, l'idole des Marseillais que ceux-ci viennent de traiter abondamment de sodomite, reste tétanisé, à genoux, près de ses ex-coéquipiers fous de joie qui improvisent une danse tribale.

— On a gagné !

Le cri de la foule est unanime.

Il n'y a plus de haine, il n'y a plus que de la joie.

La coupe aux grandes oreilles, posée sur un socle sur la pelouse, attend les vainqueurs…

Et, ici, les vainqueurs ne sont pas onze, ils sont vingt-cinq mille !

***

La porte n'était pas fermée à clef et je n'avais que quelques secondes pour évaluer la situation.

Le boucan des détonations du P38 dans ce quartier tranquille allait sans doute attirer la foule. Bientôt la moitié de la ville se presserait devant la façade du 112 de la Prinzregentenstrasse.

Horst gisait sur le plancher vernis et gémissait mollement, le torse percé par la puissance du parabellum. Son arme – un USP de Heckler & Koch – était tombée à terre près de lui. L'USP était doté, comme je l'avais présumé, d'un impressionnant silencieux vissé au canon.

Jo, de son côté, ne gémissait pas, ou plutôt ne gémissait plus.

La première balle lui avait transpercé le front, la seconde la gorge. Il avait toujours l'index crispé sur la détente de son P38, dans une position un peu ridicule, jambes et bras écartés.

J'ai eu un haut-le-cœur. À cause de cette odeur de sang chaud.

J'ai saisi l'avant-bras inerte de Jo et pointé le canon du P38 vers le boche. Il n'y avait pas de raison pour que Jo crève et pas le boche !

Horst a roulé des yeux effarés en devinant mon intention.

Le barouf de la détonation et le recul de l'arme m'ont surpris mais, dix secondes plus tard, j'étais dans l'ascenseur. C'était sans doute un peu imprudent, mais je ne me voyais pas dévaler l'escalier avec ma patte folle.

Le Blond traînait près de la porte d'entrée de l'immeuble. Contrairement à ce que j'avais imaginé, tous les habitants de Bogenhausen ne s'étaient pas précipités devant l'immeuble.

Le Blond fut très étonné de me voir revenir seul.

— Et Jo ? Où est Jo ? Y a un problème, Bert ?

Je l'ai saisi par le bras et l'ai conduit vers la Prinzregentenplatz.

— Oui, y a un problème, Blond, un gros problème… Et faut se tirer fissa ! Je vais t'expliquer en chemin.

On s'est délesté discrètement de nos flingues dans la poubelle d'une brasserie de la place, à deux pas de la station de métro où nous nous sommes engouffrés.

Une demi-heure plus tard, nous étions installés tous les deux, à nos places, dans le stade olympique surchauffé.

Miche semblait vivre sur une autre planète tant la mort brutale de Jo l'avait anéanti.

Moi, je me laissais aller à chanter avec les autres, fier du devoir accompli.

Je pourrais désormais trouver plus facilement le sommeil.

Lina et Béa étaient vengées !

***

Que Horst, le fils, crève m'était bien égal.

L'Esquinade avait étranglé son père et c'est à son père que j'en voulais, c'est son père que j'aurais volontiers achevé à petit feu. Le Horst de Bogenhausen n'était que le fils de l'assassin, mais depuis le reportage télévisé qui avait tout déclenché en moi, je vivais dans la haine, une sale et indéfectible haine.

Les vieilles histoires, les vieilles douleurs que je croyais enterrées au fond des âges resurgissaient en moi avec une violence qui me sidérait.

J'étais vieux, malade, j'avais renoncé à tout, à ma barque, aux femmes, à mes souvenirs même… En quelque sorte, j'avais fait mon temps, j'étais prêt à crever et tout s'est brusquement enflammé. C'était comme si ce châtiment avait toujours été l'unique but de ma vie. La mort du père m'avait frustré d'une vengeance juste, la vie du fils me devenait indifférente.

Pourtant, le père avait tué ma fille, et il n'était donc pas illogique que son fils meure à son tour, même s'il était innocent.

Car ma fille était aussi innocente…

Tout a vraiment basculé le jour où l'Esquinade m'a avoué avoir éliminé Horst père.

En fait, s'il n'y avait eu que cette révélation, j'aurais laissé tomber.

C'est un peu le sentiment que j'avais en quittant l'Esquinade : j'étais heureux que justice soit faite, mais très déçu que ce soit par quelqu'un d'autre que moi.

En tout état de cause, l'aveu de l'Esquinade clôturait cette vieille et sale histoire.

Pourtant, tout a changé radicalement pour moi lorsque j'ai consulté les listes des personnes déportées que l'Esquinade m'avait confiées.

Je voulais savoir ce que Lina et Béa étaient devenues après notre séparation, dans quel convoi pourri on les avait fourguées. Car je ne les avais pas retrouvées à Marseille, à mon retour d'Auschwitz. Elles n'étaient ni chez la cousine des Trois-Lucs, ni chez celle de Saint-Loup, ni chez aucun autre de nos parents.

Je les ai cherchées, comme un fêlé, des jours et des nuits dans tous les quartiers de la ville.

En vain.

J'ai appris, par d'anciens voisins de la rue Torte, qu'elles avaient été transférées à Fréjus, avec eux, avec des milliers d'autres Marseillais, le 24 janvier 43. Mais à partir de Fréjus, je perdais leur trace. Et puis, à la fin des années quarante, je les ai retrouvées – façon de parler – sur la liste du convoi numéro 58, un convoi parti de Drancy le 31 juillet 1943, à destination de Mauthausen.

C'est à Auschwitz qu'elles sont mortes…

Pourquoi n'étaient-elles pas rentrées à Marseille comme les autres internés à Fréjus ? Comme Jo ?

Les listes de l'Esquinade m'ont enfin apporté la réponse à cette question qui me taraudait depuis près de cinquante ans.

Et je n'ai pas été déçu !

J'ai d'abord eu la confirmation qu'elles avaient bien été emmenées, le dimanche 24 janvier, au camp de Caïs. J'ai ensuite retrouvé leurs noms dans la liste des passagers du premier train parti de Fréjus, le 29 janvier 1943, le train qui ne s'est pas arrêté à Marseille, celui qui a filé directement vers le nord pour livrer, via le convoi numéro 58, sa cargaison à Auschwitz.

Les identités des déportés avaient été tapées à la machine à écrire, mais les noms de Lina et Béa étaient les seuls à être manuscrits. Ils avaient manifestement été rajoutés à la main. Ils avaient été annexés à la liste, alors que Lina et Béa auraient dû, en toute logique, faire partie d'un des convois suivants, un de ceux dont le terminus était simplement Arenc.

D'ailleurs, mon intuition a été confirmée lorsque j'ai retrouvé leurs noms, dactylographiés cette fois mais barrés, dans la liste du convoi numéro 3 qui avait ramené les Marseillais chez eux.

On avait donc interverti les passagers.

Des petits malins avaient certainement soudoyé le responsable des convois pour permuter les places. Je n'ai eu aucun mal pour savoir qui étaient ces petits démerdards. En fait, il n'y en avait qu'un, un homme qui avait troqué sa vie contre celles d'une femme et d'une gosse, contre celle de ma femme et ma gosse.

Lina et Béa étaient mortes à cause d'un autre.

Horst mort, tout le ressentiment que j'avais accumulé, tout ce désir de vengeance inassouvi qui bouillonnait en moi comme la lave dans le cratère d'un volcan, s'est déversé d'un seul coup sur cet homme. Un torrent de haine m'a submergé.

Dois-je vous avouer que lorsque j'ai découvert son nom, j'ai explosé, j'ai hurlé dans ma baraque comme ce n'est pas permis. Car le nom de celui qui avait échangé sa vie contre celles de Lina et Béa m'était familier, très familier même, puisque c'est celui d'un ami qui devait m'accompagner à Munich !

Jo…

Jo devait crever.

Mon ami Jo devait crever.

Je me suis saoulé la gueule et, le lendemain, la tête en carton mais le cœur désormais froid, j'ai établi minutieusement le plan du futur châtiment.

Ne rien dire de la mort de Horst…

Aller à Munich comme si de rien n'était…

Tout régler là-bas, loin de Marseille…

Alors, je peux vous certifier que j'ai vécu des jours difficiles, ravalant mon désir d'une punition immédiate face à la nécessité de ne rien faire paraître de mon émoi. J'ai dû côtoyer Jo sans changer mes habitudes, conserver un ton amical avec l'assassin de ma femme et ma fille…

Je pensais que peut-être, avec le temps… Mais plus les jours passaient, plus mon désir de vengeance s'amplifiait. Attendre le voyage à Munich fut un supplice.

Le reste fut simple : un coup de fil à Horst pour l'avertir de la menace qui pesait sur lui – c'était un homme qui savait régler ses problèmes tout seul, selon les informations de Clovis Narigou – et le tour serait joué.

Jo était-il plus responsable que coupable ?

Je n'avais plus ni la force, ni l'intelligence pour me masturber l'intellect avec ce type de problème.

Bien entendu, Miche pense que tout s'est déroulé de traviole, qu'on n'a pas eu de chance…

Il a tort.

Tout s'est passé selon le plan établi.

Je veux dire MON plan.

Table des matières

Achevé d'imprimer sur les presses
de Pulsio.net à Sofia, Bulgarie
Imprimé en Bulgarie
Dépot légal: Mars 2007